玉瀬家の出戻り姉妹

まさきとしか

幻冬舎文庫

玉瀬家の出戻り姉妹

プロローグ

肉まんひとつ。返事はない。店員は不機嫌そうに蒸し器から肉まんを取り出した。目も上げずに、ぼそっとなにかつぶやく。金額を告げたらしい。レジに表示された金額を見て、ちょうどの小銭を手渡した。今度はつぶやきも返ってこなかった。

たったそれだけのことで死にたくなる。

本気じゃない。あーもー死にたい、と思う程度の死にたさだ。その中途半端さが惨めで、あーもーほんとに死にたい、と続けざまに思う。

コンビニを出ると、深夜の冷たい風が吹きつけた。四月なのに、冬の尖ったにおいがした。

北海道の右上にあるこの町に、二十四時間営業のコンビニは四軒しかない。いちばん近いここは、うちから歩いて二十分かかる。コンビニの前は片側二車線の国道だ。深夜一時をまわったいまは走り抜ける車はなく、コンビニの駐車場にも車はない。

無人の夜をアパートに向かって歩く。シャ、シャ、とレジ袋のすれる音がついてくる。白い息が風に持っていかれる。遠くの信号機が赤から緑に変わった。

足を止め、ばかだ、と思う。シャンプーを買いに行ったのに忘れた。茶髪の店員が浮かび、出直そうかとも考えたけど、低気圧が接近しているという天気予報を思い出して、買いに戻ることにした。

「あーもー死にたい」

声に出したら、うっすらと怖くなった。

本気じゃない「死にたい」でも、繰り返すことで容量を増し、いつか本気じゃない領域からあふれ出してしまうような気がした。そのうち、「死にたい」と声に出したら安らぎを感じ、そっと寄り添いたくなるんじゃないか。そう考えると怖さが濃くなった。

向こうから来た車がタイヤを鳴らしながらコンビニの駐車場に入った。

清志だった。助手席から出てきた女が、慣れたふうに腕を絡ませる。

わたしは夜の歩道に立ち尽くし、コンビニのなかのふたりを見つめた。笑っている。しゃべっている。なにを買うか相談している。ありふれた人間がつくるありふれた光景を、コンビニの白く清潔なあかりが照らし出している。あの明るい場所に日常がある。清志も、女も、店員も、明るい場所にあたりまえに溶け込んでいる。

ふたりが並んでレジに立つ。清志が蒸し器を指さし、なにか言った。バーコードを読み取っていた店員が顔を上げ、言葉を返し、笑った。

さっきまでわたしがいた場所とは思えなかった。

もう二度とあの明るい場所には行けない気がした。みんながいるあの場所で、息を吸ったり吐いたりできない気がした。

明るい場所に背を向け、歩きだす。シャッシャッシャッ、とレジ袋の音がわたしを追い越そうとする。

狭い町だ、清志にばったり会う覚悟はできていた。彼に女がいることも知っていた。

それなのに、わたしは打ちのめされている。自分自身に裏切られた気持ちがした。

もうだめだ。

人生設計は早いうちからできていた。

二十五歳で結婚、二十七で最初の子供を産んで、三十でふたり目を産む。マイホームを買うのもこの時期だ。

その後の設計はなかった。そこまでいけば、その後はもう完成されているだろうと思っていた。完成形のなかで、ぬくぬく生きていけばいいはずだった。いま、わたしは「その後」にいる。「その後」にはなにもない。

1

インターホンの音が、何度目かの眠りを引き剝がした。

こたつで目を開けたとき、部屋はほの暗かった。つけっぱなしのテレビから放たれる光が、刻々と色を変えながら床と天井のあいだを漂っている。

仰向けのまましばらく、光が移ろうさまを眺(なが)めていた。顔全体が腫(は)れぼったく、くちびるの右側によだれが垂れた感触がある。口のなかが気持ち悪いのは歯を磨かずに寝たせいだろう。

頭が痒(かゆ)い。掻(か)くともっと痒くなった。

結局、シャンプーはまだ買っていない。何日もシャワーを浴びていないし、まともに顔を洗ってもいない。一日中部屋着のままこたつで寝起きしている。

コンビニで清志を見た夜から一週間たっただろうか。あの夜から外に出ていない。人に会うのが怖い。見られるのが怖い。あの人、陰気くさい、不幸そう、明るい場所に来るなんて図々しい、と町じゅうの人に陰口を叩かれる気がした。

「よいしょ、っと」

声を出して体を起こした。それだけでエネルギーの残量がゼロになった。頭のなかに靄（もや）がたちこめている。

テレビでは、ふたりの女優がなにかをチーズに絡めながら食べ、熱い、おいしい、でも熱いと騒いでいる。

視線を引き寄せ、こたつテーブルを見下ろした。カップ麺の容器やパンの袋が散乱している。黄色い蓋（ふた）に目が留まり、寝る前にカレーうどんを食べたことと、それが最後のカップ麺だったことを思い出した。もう食べるものがない。お金も底をつきかけている。

インターホンは一度鳴ったきりだ。

上か隣の部屋、もしかしたら夢だったのだろうか。

そう思った途端、今度はドラムロールのように立て続けに鳴った。心臓が跳（は）ね、眠気が一気に覚めた。迫力ある響きがわたしを強く呼ぶ音に聞こえた。

ドアを開けたらなにかいい知らせが飛び込んでくるかもしれない。人生が一変し、未来からまばゆい光が射し込むほどの。

そんな知らせがやってくる覚えなどないのに、幸運のしっぽを追いかけるように急いで電気をつけ、玄関に向かった。ドアを開けると、そこにいたのは女だった。

「ハロー」

幸運のしっぽが目の前をすっとかすめた残像が見えた。

「なんだ。いるじゃない。やだー、ひどい顔。もしかして寝てたの？」と、笑いながらわたしを指さしたのは姉の香波（かなみ）さんだった。

わたしは反応できず、突っ立ったままでいた。

「ひさしぶりねえ。何年ぶりかしら。なにか変わったことあった？　……まさか」

言葉を切り、香波さんはわざとらしく目を開く。

「まさか、子供ができてたりして？」

観察する表情でわたしを見つめてから、

「なーんて。さすがに子供ができたら連絡くれるわよね」

高らかな声が、不快な雑音になってわたしの耳を叩いた。

「とりあえず入るわね。お邪魔しまーす」

わたしを押しのけて部屋に入った香波さんは、「えー！　なにこれえ！」と悲鳴をあげた。

「なんなの？」

我に返ったわたしは声をかけた。

「なんなの、ってこっちが聞きたいわよ。なんなのよ、このゴミだらけの部屋は」

「なんでいきなり来るの？」

「なんでいきなり来ちゃいけないのよ、きょうだいなのに。それよりどうしたのよ、この部屋。なんでこんなに散らかってるのよ。ダンナは？　出張？　単身赴任？」

「別れた」

「別れた？　いつ？」

「三ヵ月前」

香波さんは息をのみ、珍しく数秒のあいだ言葉を返さなかった。

やがて、声のトーンを落として聞いてきた。

「なんで別れたのよ」

「……別に」

「別にってなによ。あんた、離婚で自暴自棄になってこんなすさんだ生活してるの？」

清志のことなんかもう好きじゃない。とっくに心は離れていた。別れるときも悲しみの感情はなく、惰性で読んでいた本を閉じる感覚だった。

それなのにあの夜、清志の生活が何不自由なく継続していることに打ちのめされた。わたしと別れた彼は、わたしを失っただけにすぎなかった。彼にはいままでどおりの生活がある。わたどこへでも行けるし、会いたい人と会い、笑ったりしゃべったりできる。

その真裏に、そうできない自分が見えた。清志と別れただけなのに、人生の土台を根こそぎ引き抜かれたようだった。仕事もお金もないし、行きたい場所も行ける場所もない。会いたい人も、一緒に笑う相手もいない。これから先、なんのために、どうやって生きればいいのかわからなかった。

「なにか言いなさいよ」

「……別に」

「別に、以外のことを言いなさいよ」

「……香波さんだって何回も離婚したでしょ」

「まだ二回だけよ」

東京で暮らす香波さんと会うのは十年ぶりだ。わたしの五つ上だから四十六歳になる。化粧が濃くなって、頬が少し下がったけど、そんなに老けてはいない。腕を組んでわたしを見る香波さんは、相変わらずお金がかかってそうな服を着ている。黒いショートコートと、デニムのワイドパンツ。頭に大きなサングラスをのせ、肩にはブランドものらしいトートバッグをかけている。

香波さんからお金を借りられないか、と瞬間的に考えていた。

「お金貸してくれないかな」

心を読まれたのかと思った。

「あ、いや」

わたしは慌てた。

香波さんの目はまっすぐわたしに向けられている。眉間にしわを寄せ、怒っているようにも、痛みを我慢しているようにも見える。

ふと疑問が湧いた。香波さんはどうして突然、名所も名物もない北海道のこんな田舎町に来たのだろう。札幌からのJRは一日二本しかない。JRだと四時間、車なら五、六時間はかかる。わたしたちの仲はもともと良くないし、香波さんの性格からしてただ妹に会いに来ただけとは考えられない。

「え?」

思わず声が出た。

「お金貸してって香波さんが? 香波さんがわたしに?」

香波さんはわたしを睨(にら)みつけたまま「貸すの? 貸さないの?」と迫った。

「いくら?」

反射的に聞いてしまった。

「とりあえず五百万。なかったら三百万でもいい。二百万でも、百万でも」

「ないけど。全然」

香波さんは力尽きたように視線をはずすと、「こんなところまで来てばかみたい」と吐き捨てた。

「あんたのことだからマイホーム資金貯めてると思ったのに」

わたしだってマイホーム資金を貯めたかった。人生設計では十年前にはマイホームを手に入れているはずなのに、1LDKの木造アパートに暮らし続けている。

「慰謝料は？　離婚したなら慰謝料もらったんじゃないの？　財産分与は？」

わたしが首を振ると、香波さんはあからさまにがっかりした。

「まあ、わたしももらわなかったけど。でも、あんたはわたしとちがって結婚生活長かったでしょ。十年くらいたってない？」

「……十五年」

「十五年も暮らしたのに一円ももらってないの？　ほんとに？　ほんとにもらってないの？」

食い下がる香波さんに、わたしは無言でうなずいた。

「わざわざレンタカーで来たのに損しちゃった」

そう言って、香波さんはこたつのあいているスペースに腰を下ろした。ゴミと埃だらけの部屋に、着飾った香波さんは異質だった。

ねえ、と香波さんが視線を上げた。

「ひさしぶりに会ったのに、わたしの近況を聞いたりしないわけ？」

不機嫌さを剥き出しにしている。

最後に香波さんと話したときのことを思い出した。二、三年前だろうか、香波さんがテレビに出るからと自慢の電話をかけてきた。電話では、注目のイラストレータとして紹介されると自分が主役のような口ぶりだったけど、実際は注目のイラストレータについて語る同業者のひとりというポジションだった。

「テレビ観たよ」

わたしが言うと、香波さんは忌々しそうに顔をそむけた。

「あーあ。疲れちゃった。今日はここに泊まるから」

「えっ」

「え、じゃないでしょう。朝一の飛行機で東京から来て、千歳空港から何時間も運転して来たのよ。疲れて事故る寸前よ。離婚したなら教えてくれればよかったのに。貯金も慰謝料もないって知ってたら、わざわざこんなところまで来なくて済んだのに。で、あんたはなんで離婚したの？　あんた、わたしとちがって離婚するタイプじゃないでしょう。生活できるの？　そもそも働いたことあったっけ？　ひまな専業主婦のくせにパートもしてなかったわよね。これからどうするつもりなのよ」

これからどうするつもり――。

いちばん聞きたくない言葉を投げつけられて息が止まりそうになった。

これからなんてない。したいことも、できることも、なにもない。

あ、泣く、と思ったときには泣いていた。立ったまま、声をあげてわたしは泣いた。泣いても泣いても足りない気がした。どうしたの、と言ってほしかった。泣くんじゃないとティッシュを渡してほしかった。そうしたら泣きやむきっかけができるのに、香波さんは意地悪をするように泣き続けるわたしを無視した。ずっと泣いていられると思ったのに涙も嗚咽も出尽くしてしまった。わたしは自分でティッシュを取り、洟をかんだ。

「だめになるわよ」

香波さんが言った。

もうとっくにだめになってる、と心のなかで返した。これ以上だめになりようがないくらいだめになっている。けれど、いまがどん底だと思っても、底はあっけなく崩れ、さらに下へと落ちていく。その繰り返しだ。

「こんな町にひとりでいて、こんな生活続けてたら、そのうちうつになって自殺しちゃうかもしれないわよ」

それもいい。先のことを考えて苦しい心が続くなら、いっそうつになって死んでしまいたい。

「甘いわよ」

わたしの心を見透かしたように、香波さんの声がはっきりと冷たくなった。勢いをつけてこたつから立ち上がると、まるで公園のベンチにでも座っていたようにお尻を三、四回叩いた。

「実家に帰ろう」

香波さんは言葉の出ないわたしに続ける。

「それしかないでしょう」

実家に帰る——。

考えたこともなかった。

香波さんの行動は早かった。

わたしに代わってアパートの管理会社とリサイクル業者に連絡し、三日後の昼前には町を出た。清志が置いていった家具と家電はすべて処分し、車の後部座席には収納ケースと段ボールがひとつずつあるだけだ。十五年の結婚生活でなにも残すことができなかった。なにも残らないということは、なにもしなかったということかもしれない。なにもしなくても十五年はたつんだな、と思ったら、なにもしなくても四十一歳になるんだな、と続けて思った。このままだと、なにもしないままあっというまに死ぬのだろう。

二度の休憩を挟み、札幌に着いたのは夕方だった。

最後に実家に帰ったのは伯父が亡くなったときだ。十年前になる。十年ぶりの実家は、隣の家が新しくなったせいか、それとも年月のせいか、ずいぶんみすぼらしく見えた。〈玉瀬（たませ）〉の表札の黒が薄れている。

クリーム色の壁と黒い屋根の、ありふれた木造二階建て。この家に住みはじめたのは小学生になる前だから築三十五年になる。

「お母さんに話はつけてあるから大丈夫よ。さ、行こ」

そう言うと、香波さんはさっさと車を降りた。

わたしはシートベルトをのろのろはずし、できるだけ時間をかけて車から降りて、インターホンを押す香波さんの後ろに立った。

わたしはまだ母と対面する覚悟ができていなかった。

清志との結婚を決めたとき、母は「わたしの趣味じゃないね！」と吐き捨てた。彼が高校中退で、田舎町に住む派遣社員であることにケチをつけられたと思ったわたしは、母に清志を会わせることなく、実家を飛び出して右上の町に行った。それ以来、もともと円満とはいえなかった母とはますます疎遠になった。

母になんて言われるのだろうと考えると、まだなにも言われていないのに、腹が立ち、悲しくなり、鼓動が速くなった。

ドアが開いた。「えーっ」と放たれた声は、驚きよりもブーイングに近かった。

「どうしたのさ、あんたたち」

話はつけてあると香波さんは言ったのに、母の声は突然の来訪を非難するように聞こえた。

「どうしたの、って行くって言ったでしょ」

香波さんが答える。

「今日なんて聞いてないよ」

「言いました」

「いや、聞いてない」

おや、というように母の目がわたしを捉えた。二、三秒のあいだ観察するように見つめ、

「あんた、老けたねえ」とおもしろがる顔になった。

十年たっても母の性格がまったく変わっていないことをこの瞬間確信した。

「しっかし珍しいね、ふたりそろって。あんたたち、仲悪くなかったっけか?」

母はわたしの記憶より小さかった。けれどその分、成分が凝縮され、エネルギーがぱんぱんに詰まっているように見えた。

家に入ってまず目についたのは居間の見慣れないソファだった。L字型の真っ赤なソファで、ひとり暮らしには不釣り合いに大きく、詰めれば六、七人座れそうだ。横になってテレビでも観ていたのだろうか、ソファの上には毛布が丸まっている。ソファ以外に目新しいものはなく、アラベスク模様の縁取りがあるベージュのカーペットも、こげ茶色の戸棚も、その上にあるプラスチック製の小物入れも、ボールペンやハサミや耳かきが突っ込んである和紙のペン立ても、いままで思い出したことはなかったのに、皮膚にすっとなじんだ。

「澪子(みおこ)、離婚したんだって」

台所の食卓につくなり、香波さんが言った。

「えーっ」

母は目を見開いた。ブーイングではなく驚きの声だ。

「あんたが離婚? なんでさ。なんで離婚されたのさ。あっちに女でもできたのかい」

清志に女はいた。わたしが知っているのは、コンビニで見かけた女とはちがう女だ。でも、離婚したのは女がいたからじゃない。もしそうならとっくに別れていただろう。

「子供でもいればねえ」

晴れればいいねえ、というように母は言った。のん気に、さほど関心がなさそうに。母の言葉に、胸がぎゅっと絞られた。

母がはっとし、わずかに前のめりになる。

「もしかして、いつのまにか産んだのかい？　なーんて、それならさすがに連絡してくるよね」

「やだ、お母さん。わたしも同じこと言ったのよ」

香波さんが笑う。

「それで慰謝料はいくらもらったのさ」

「それがもらってないんだって」

「えーっ。なんでもらわないのさ」

「ねえ。信じられない」

「あんただって一銭ももらわなかったしょや」

「だって、わたしはこっちから別れようって言ったんだもの」

この人たちは昔からそうだ。わたしが聞きたくない言葉を平気でぶつけてくる。デリカシーのかけらもなく、好き勝手なことをまくしたてる。わたしはペンダントトップを握りしめた。

「そのネックレス、ロケットよね。なかになに入れてるの？」

香波さんが顔を寄せてきた。無遠慮な視線にさらされたくなくて、握った手に力を入れる。

「やだ。もしかして写真？　別れたダンナの写真入れてるとか？」

「えーっ。あんた、やめなさいよ。みっともない！」

ちがう、と言ったつもりなのに声にならなかった。

「あんたは子供のころからうじうじして、だからだめなんだよ。別れたダンナの写真持ち歩いてる女なんてどこにいるのさ。そんなことしてもよりは戻らないんだよ。未練がましい！」

「……ちがう」

「ちがわない！　そんな男を選んだ自分が悪いんでしょや」

「……マコの」

「え？　なに？」

「これは死んだマコの……」

「えっ？　マコってなにさ」

母は短い首を伸ばし、がなるように聞き返す。

「セキセイインコ」

「インコって鳥のインコかい」

「マコの羽根が入ってるの」

「えーっ」

雄叫びのような声だった。

「あんた、死んだ鳥の羽根なんかぶらさげてるのかい。気持ち悪い！」

わたしは食卓に突っ伏し、声をあげて泣いた。


セキセイインコのマコは、結婚生活の癒しでもあったし、離婚した原因でもあった。

わたしが清志と結婚したのは、人生設計より一年遅い二十六歳のときだった。次の予定は、二十七で最初の子供を産んで、三十でふたり目を産むことだった。年齢の誤差はあったとしても、叶わないなんてこれっぽっちも思わなかった。本気で焦りはじめたのは、三十代になってからだ。

彼には内緒で、大きなまちにある産婦人科に行った。検査の結果、わたしには問題がないと言われた。けれど、どんなに頼んでも、怒っても、泣いても、清志は病院に行ってくれなかった。「なんでそんなことしなきゃならないの？」「その執念、怖いんだけど」「その話、もうやめろよ」などと返事があるときはまだましで、そのうち無言を貫くようになった。

　清志と出会ったのは、結婚するはずの二十五歳から二十六歳になったばかりのときだった。その絶妙なタイミングに、この人が運命の人だと思った。けれど、ちがったのだ。

　この人と結婚しなければ人生設計どおりに生きられたのに。この人と結婚しなければ幸せになれたのに。この人と結婚しなければ——そう思わない日はなかった。

　そんなとき、幸福の象徴のような青い鳥に出会った。雌の成鳥だったマコは、懐きにくいし、しゃべらないからと、雛の三分の一の価格で売られていた。けれど、マコは懐いたし、よくしゃべった。手を差し出せば嬉しそうに乗ってきた。「オカータン」クルルル「オカータン、オカータン」クルルル「オカータン、スキ」。マコが甘えてくるときだけ、息が吸えている感覚があった。

　ある朝、起きたらマコが死んでいた。

　たぶん寿命だったのだろう。マコはセキセイインコにしては長く生きた。わたしは、マコの死の予兆を感じなかった自分を責めた。マコは生死のあいだで必死に、お母さん、助けて、そばにいて、とわたしを呼んでいたのではないか。繰り返しそんな想像をした。マコのいない鳥かごを見ていると、この先の楽しいことがひとつも浮かばず、なんのために生きていけばいいのかわからなくなった。

清志が新しいセキセイインコを買ってきたのは、わたしの四十一回目の誕生日だった。「今度はちがう色がいいと思って黄色にしたよ」そう言って善人の顔をして笑った彼に、「マコはわたしの子供だったんだよ！」とわたしは叫んだ。「清志となんか結婚しなければよかった！」

大泣きするわたしを無視して出ていった彼は数日帰ってこなかった。帰ってきたとき、もう限界だからと離婚を切り出した。

「どうすんのさ、あんなに泣いて」

「しょうがないわよ。澪子の性格だもの、立ち直るまで時間かかるんじゃない？」

居間からふたりの声がはっきり聞こえる。食卓からソファに移動したくらいで聞こえないとでも思っているのだろうか。

「離婚くらいで泣いてたら、世の中渡っていけないしょや」

「だって澪子だもの」

「ったくめめしいねえ。歳ばっかりとって中身は変わらないんだから」

「しっ。聞こえるって」

「聞こえるように言ってんだもん」

そう言うと、なにがおかしいのか、あははは！　と母は笑った。

「こんなときくらいやさしくしてあげたらいいじゃない」

「やさしいっしょ。笑わせてやろうとしてるんだから。あははは！」

離婚くらいで泣いてたら、世の中渡っていけない。母がそう言ったのは、自分も離婚したからだ。あっちに女でもできたのかい。それも経験上の言葉だ。

父が女をつくって出ていったのは、わたしが小学六年生になったときだった。そのとき母は泣かなかった。逆に、頭のてっぺんからめらめらと立ち昇る炎が見えそうなほど、奇妙にテンションが高かった。「もらうもんはもらわないと」なにかにつけ、張り切ってそう言っていたのを覚えている。

「そういうわけで！」

香波さんが突然声を張り上げたのは、わたしに聞かせるためだろう。

「澪子はあんな調子だからここに戻るしかないと思うの」

「えーっ」

やっぱり香波さんはなにも伝えていなかったんだな、と食卓に突っ伏したままわたしは思った。

「出戻りってことかい？　いやあ、情けないねえ」

「そんな言い方ないでしょ。離婚なんてみんなしてるわよ」

「自分が二回もしたからっていばるんじゃないよ。なんでうちの子供たちはこうなんだろう」

「お母さんだってしたじゃない」

「わたしは大昔の話だよ」

「ついでにわたしもしばらくここでのんびりしようと思って」

「えーっ。しばらくってどういうことさ。あんた、近々顔出すからって言っただけだったしょや」

まったくなんなのさ……そんな急に言われても……、と母は文句を垂れながらも、二階を片づけてくると言って出ていった。

涙と鼻水に我慢できなくなって、わたしは食卓から顔を上げた。ティッシュで顔を拭きながら香波さんをうかがうと、わたしのことなどおかまいなしに、真っ赤なソファに仰向けになっていた。

「やっぱり、ちょっとはなつかしいなあ」

天井を見たままひとりごとの口調だ。

「伯父さんが亡くなったとき以来だから何年ぶりかしら」

ひとりごとだと思って洟をかんでいたら、「何年ぶりかしら、って聞いてるのよ」と尖った声が飛んできた。

「十年ぶり」

「もう十年かあ。ずいぶんたったのねえ。あのときはなつかしいなんて感じなかったのに、わたしも歳をとったってことかしら」

ひとりごとかどうかわからなかったけど、答えようがなく黙っていた。

天井から、どすん、がたん、と響いてくる。母はものをなぎ倒しながら歩くような人だ。ひとつひとつの動作が乱暴で、母がたてる音は、だだだだ、どどどど、と濁点がついている。

「お母さんっていくつになったんだっけ。……七十一？　いや、二よ」

香波さんはがばっと体を起こし、驚いた顔をわたしに向けた。

「やだー。ちょっと、もうお婆ちゃんじゃない！」

七十二、という年齢にわたしは狼狽した。でもそれは、母が七十二歳になったことよりも、七十二歳の母親がいる自分の年齢を改めて突きつけられたからだ。

「階段の上り下りとか大丈夫なのかしら」

自分が部屋を片づけさせているくせに、香波さんは天井を見ながら心配げに言う。「あと雪かきとか、血圧とか体は……」

言葉を切り、わたしを見た。

「どうでもいい？」

責めるような目だ。わたしが黙っていると、

「興味ない？」

と重ねた。頭上から、ばしっ、と叩きつける音がした。押し入れを閉めた音だろう。

「澪子はなにも言わないし、なにも聞かないのね。お母さんのこともそうだけど、どうしてわたしが澪子にお金を貸してって言ったのか。昔からそうよね。自分のことしか考えてないんでしょう」

その原因の一端が自分にあるとは考えもしないらしい。わたしがなにか言ったり聞いたりすると、容赦ない言葉が返ってくるから自然と口をつぐむようになったのに。それに、高校卒業と同時に実家を離れ、東京で好き勝手にやっているのは香波さんじゃないか。わたしの思考が伝わったかのように、「わたしも人のことは言えないけどさ」と香波さんは薄笑いで言った。

どんっ、どんっ、と階段をゆっくり下りてくる音がする。

「布団、ひと組しかないわ！」

母はドアを開けるなり怒鳴った。

「なんでよ！」

香波さんが怒鳴り返す。

「あたりまえでしょ！　ひとり暮らしなんだから！　いきなり来るほうが悪いんでしょ！　嫌ならホテルに泊まればいいしょや！」

「今日行くってちゃんと伝えたもの。お母さんが忘れたんじゃないの」

「いや、聞いてない。それに泊まるなら自分の布団くらい自分で用意しなさいよ」

「だって実家だもの、布団くらいあると思うでしょ」

「都合のいいときだけ、実家実家、って。ここはあんたの実家じゃなくて、わたしの家だっつーの！」

母の剣幕に、香波さんは大きなため息をついて立ち上がった。

「じゃあ、レンタカー返す前に布団買ってくるわ」

「車かい？　ちょっと乗せてってよ。今日、トイレットペーパー安いのさ。おひとり様二点までだから、あんたも並びなさいよ」

ふたりが出かけると張りつめていた神経がゆるみ、どっと疲れが出た。残りわずかしかなかった生気を、母と香波さんに吸い取られてしまった。

居間のすみに、わたしの荷物が寄せてある。収納ケースと段ボールがひとつずつ。わたしは二階に上がり、かつての自分の部屋に荷物を運び入れた。

香波さんのおさがりの本棚と古いカーテン。サーモンピンクのカーペットは擦り切れて色褪せ、部屋のすみにひと組の布団とポータブルの石油ストーブが用意されている。

布団を敷いて、服を着たまま潜り込んだ。

鼻先に馴染みのあるにおいが漂っている。この家に染みついた年季を感じさせるにおいだ。実家に帰ってきた。帰ってきてしまった。わたしはまだ、まともに母の顔を見ることができていない。

目をつぶるとにおいが濃くなった。

真っ暗な穴に落ちていく感覚に、足がびくっと跳ねた。はっとして目を開ける。眠っていたのはほんの一瞬だろうか。窓の向こうはまだ夜になりきっていない色だ。再び目を閉じると、今度は深いところにゆっくりと沈んでいった。

ふと、視線を感じた。

誰かがわたしをじーっと見下ろしている。視線にくすぐられるようにはっきり感じるのになにも見えない。夢か、と気づいたら、ぱっと目が開いた。

何時なのだろう、いつのまにか部屋は暗い。

寝返りを打ったら、目が合った。え？　と胸のなかで声をあげた。

誰かいる。

ドアのところに立ってわたしを見ている。開いたドアの向こうから弱いあかりが射し込んでいる。

お母さん？　香波さん？　いや、ちがう。一気に覚醒した。男だ。中年の男が鈍く輝く目を向けている。そう理解した瞬間、悲鳴をあげていた。

男は身を翻し、視界から消えた。と同時に、わたしの背後でなにかがばっと立ち上がる気配がして、新たな悲鳴が出た。

「な、なになに、どど、どうしたの？」

声とともに電気がついた。香波さんだ。蛍光灯の白いあかりが、スウェットの上下を着て仁王立ちした香波さんを照らしている。

どうして香波さんがこの部屋にいるのだろう。布団に入ってどれくらいたったのだろう。そんな疑問が頭をかすめたけど、いまはそれどころじゃない。

立とうとしたら、腰が抜けたのか力が入らず、上半身を起こすのが精いっぱいだった。わたしはドアを指さした。

「い、いま誰かいた」

「え？」

「男。そこに立ってじっとこっち見てた」

「ほんとに？」

わたしはうなずく。

「夢じゃなくて？」

「夢じゃない夢じゃない、絶対夢じゃない」

あっ、と香波さんが声をあげた。

「廊下の電気ついてる。わたし、寝るとき消したのに」

わたしと香波さんは顔を見合わせたまましばらく黙り込んだ。

「泥棒？」

「強盗？」

ふたりの小声が重なった。

「一一〇番するわ」

香波さんが携帯を持って力強く言ったとき、ドアが大きく開いた。「こんばんは」と顔をのぞかせたのは、さっきの男だった。

悲鳴をあげようと喉がひくっと動いた瞬間、枕が飛んだ。男の顔を直撃したけど、男はのけぞっただけだった。続けて、四角いピンクのものが飛んだ。わたしの携帯だ、と思ったときには、男の額にぶつかっていた。「いたっ」と男は額を押さえてしゃがみ込む。

「澪子、早く！」

香波さんに腕をつかまれたけど、腰が抜けて立ち上がれない。

「なにやってんのよ！　早く！」

男が立ち上がるそぶりを見せた。香波さんは素早く突進し、男を蹴り飛ばした。男は額を押さえたまま、「あ」と後ろに転がった。

「待って待って」

ひっくり返った男から声があがる。

男が弱いことを見抜いた香波さんは、「この野郎！」とさらに蹴りつけようとした。振り上げた足が宙で止まる。男を見下ろす香波さんの表情が、不思議なものを見るように変わった。

男の顔は血まみれだった。額から流れる血が、稲妻みたいな何本もの筋をつくっている。

「……ノーリー？」

香波さんが訊ねると、男は血まみれのままこくんとうなずいた。顔をぬぐった自分の手を見てぎょっとし、「血が、出てるの、だ」とつぶやいた。

深夜二時、四人で食卓を囲んでいる。

母の眠りは深い。悲鳴や物音にも気づかずに熟睡していた母を香波さんが無理やり起こした。

「どういうことか説明してよ」

香波さんはさっきノーリーに聞いたことを、そのまま母にぶつけた。いくらノーリーに聞いても返ってきたのは「むう」とか「まあまあ」とか意味を持たないつぶやきとにやにや笑いで埒が明かなかったのだ。

ノーリーは、香波さんのひとつ上の兄だ。わたしとは六歳離れている。

両親が離婚した翌年、ノーリーは東京の大学に進んだはずだった。けれど、実際は大学に通っていないどころか入学さえしていないことが判明した。それ以来、三十年近く行方知れずだった。

ノーリーが生きていた。心身のどこかを損傷することなく、わたしたちと同じように普通に歳を重ねていた。それが意外だった。

家族のなかでノーリーを話題にするのは、暗黙のタブーになっていた。ホームレスになっているんじゃないか、野垂れ死んだんじゃないか、自殺したんじゃないか。不吉な想像しか浮かばず、口にすると現実が大きな口を開けて追いかけてきそうだった。

　母の隣に座るノーリーの額には絆創膏が貼ってある。激しく出血したように見えたけど、傷はそれほど深くなく、止血するとほどなく止まった。ノーリーの額よりも、わたしの携帯のダメージのほうが大きかった。投げつけた衝撃で、充電口の蓋が取れてしまった。自分の携帯を投げればいいのに、香波さんはとっさにわたしの携帯をつかんだのだ。だってあんたのガラケーだものいいじゃない。香波さんはつらっと言った。

「なんでノーリーがここにいるのよ。いつからいるのよ。なんで隠してたのよ」

　母は返事の代わりにあくびをした。

「どういうことなのか説明してってば」

　香波さんは、母とノーリーにせわしく視線を動かしながら言った。

「朝まで待てなかったのかい。せっかく気持ちよく寝てたのに」

　母の目は完全に開いていない。

「ノーリーに聞いても全然話にならないんだもの。昔っからそうよね、ノーリーには言葉が通じないのよ」

　ノーリーはまったく気にするふうもなく、伏し目がちににやにやしている。三十年ぶりに見るノーリーは、外見はどう見ても五十近くのおじさんなのに、子供の顔をCGで無理やり歳をとらせたように不自然に感じた。マトリョーシカのように外側をひとつずつはずしていけば、昔のままの小さな姿がぽんと現れる気がした。

「あんたは昔っからせっかちだもね」

あくび混じりに母が言う。

「だって気になるじゃない」

「なんでもひとっ飛びに、最短距離で行こうとするもね」

「わたしのことはいいの。ノーリーのことを聞いてるのよ」

「まったく自分のことしか考えてないんだから」

どこかで聞いた科白だと思ったら、数時間前、香波さんがわたしに投げかけた言葉とまったく同じだった。

「だってわたし、ずっとノーリーのこと心配してたのよ。どこでなにやってるんだろう、行き倒れてないかな、ちゃんと暮らしてるかなって。お母さんだって知ってるでしょう？」

「あんたが？　ノーリーを？　心配？　まっさかー」

「まっさかー、じゃないわよ」

「だってあんた、なんかしたっけか？」

香波さんは反論しようと口を開いたけど、ばつが悪そうにそのまま閉じた。

ノーリーがなにかつぶやいた。伏し目がちにかさついた声を発し、ひとりでしししと笑った。

「え？　なに？　なんなのよ」

香波さんがいらいらと聞く。

「一一〇番、される、ところだった、のだ」

丸めた肩を震わせ、笑いを抑えきれずにノーリーが言う。

「なに、あんた。泥棒にでもまちがわれたのかい？」

そう言って母は笑った。その豪快な笑い声に触発されるように、ノーリーの肩の震えが大きくなっていく。

「笑いごとじゃないわよ！」

香波さんが怒鳴っても、母とノーリーの笑いはおさまらなかった。

「笑いごとじゃないって言ってるでしょ！」

そう続けた香波さんの声にも笑いの予兆があり、言い終えると同時にぷっと噴き出した。

わたしだけが笑えなかった。なにがおかしいのかまったくわからない。

ノーリーは半年ほど前に、いきなり帰ってきたという。以来、仕事もせずにひきこもり、昼夜逆転の生活をしているらしい。

「しっかし、やっぱり血がつながってるんだねえ。あんたたちもいきなり帰ってきたもね」

「わたしはちがうわよ。しばらくゆっくりするだけだからね」

「四十すぎた子供たちが次々に帰ってくるなんてねえ。出戻り三きょうだいだ」

「だから、わたしはちがうって言ってるでしょ。出戻りなんかじゃないわよ」

母は聞き流すように大あくびをすると立ち上がった。

「わたしはもう寝るからね。あとはあんたたちで積もる話でもすればいいしょや」

そう言って台所を出ていった。


布団から出る決心がついたときには十一時近くになっていた。

香波さんが出かけたのは知っているけど、母も出かけたのだろうか。階下から物音はしない。深夜に起こされ、そのあと眠れなかったせいで、頭のてっぺんから爪先までだるさが巻きついている。

結局、あれから三人で積もる話などはしなかった。わたしは明け方まで、物置になっていた香波さんの部屋の片づけを手伝わされた。香波さんに指示されるがまま、収納ボックスを移動したり、段ボールを押入れにしまったりした。デスクにノートパソコンを置いて、よし！　と言った香波さんを見て、しばらくのんびりするだけだと言ったけど、ほんとうはわたしの離婚をダシにしてここで暮らすつもりなんじゃないだろうか、と思った。

音を立てないように階段を下り、ドアの向こうに耳を澄ませた。

母と顔を合わせたくなかった。なにを言われるのか、なにを話せばいいのか、考えるだけで緊張のアンテナがピンと立つ。

居間のドアを開けた。誰もいない。空気が静まり返っている。

仕事か、と思い至る。父が出ていってまもなく、母はカラオケ喫茶をはじめた。人を雇っていなかったから、朝早く出かけ、帰ってくるのは日付が変わる直前だった。お金が大好きな母のことだ、七十二歳のいまもまだ仕事を続けているのかもしれない。

食卓を見て、冷蔵庫を開け、電子レンジのなかを見た。思ったとおり食事の用意はない。わたしは棚にあったロールパンにマーマレードを塗り、インスタントコーヒーをつくって、食卓でのっそりと口に運んだ。

お腹が満たされると自室に戻り、布団に潜った。

香波さんが帰ってきたのは夕方だった。

「ちょっとあんた。ユメノって知ってる？」

ドアを開けるなりそう怒鳴った。この人は子供のころからノックもせずに人の部屋に入る。そのくせに、自分が同じことをされたら怒り狂った。

「ユメノよ、ユメノ。ねえ、知ってる？」

仁王立ちの香波さんは、黒ずくめの洋服にオレンジ色の派手なストールを巻いて、隙のない化粧をしている。

「ユメノっていうイラストレータがいるんでしょ？　テレビに出てるって聞いたわよ」

わたしを居間に引っ張っていくと、香波さんはテレビをつけ、夕方のローカル番組にチャンネルを合わせた。右上の町にいたときにたまに観ていた番組だ。〈札幌でおすすめの餃子は？〉とテロップがあり、札幌駅前でインタビューをしている。

画面がスタジオに切り替わった。キャスターが次のコーナーを紹介した途端、隣の香波さんがぐっと前のめりになる。「これね。この女がユメノね」と、テレビを凝視している。

画面はＶＴＲに切り替わっている。函館駅をバックに、三十代に見える女が「女子力を高めてくれる穴場のお店をご紹介しまーす」とにこやかに告げた。

「ああ」と思わず声が出た。

「ああ、ってなによ」

「この人なら知ってる。テレビでたまに見る」

右上の町にいたとき、この時間はたいてい夕食の支度をしていた。なるべく時間がかかるものを、なるべくゆっくりとつくった。豚の角煮やグラタン、手打ちパスタや皮からつくる餃子。けれどセンスがないのだろう、手をかければかけるほど味は理想から離れたものになった。

テレビのなかの女は、アクアパッツァとチーズケーキとバウムクーヘンを食べ、マグカップをつくり、手づくりのアクセサリーを紹介した。終始にこにことマシュマロのような笑顔だった。

「この女、人気あるの？　売れてるの？」

〈ゆめ乃の幸せいっぱい女子旅〉が終わると、香波さんが尖った口調で聞いてきた。

「どうかな」

「この女、札幌在住のイラストレータらしいわね。知ってた？」

「イラストレータなのは知らなかったけど」

「なーんだ。全然有名じゃないじゃない。だからしょせんその程度なのよ。ご当地限定の有名人ってたくさんいるものね。東京じゃあ全然知られてないもの。わたし、はじめて見たもの、この女」

誰に言っているのだろう。香波さんの言葉は、わたし以外の人に向けられているように聞こえる。

「たぶん、ゆめ乃ってイラストレータとしての仕事があんまりないんじゃない？　あっても北海道限定なんじゃない？　だって忙しかったら、テレビなんかに出る余裕ないもの。それにテレビっていっても北海道ローカルでしょ。わたしもテレビに出たことあるけど、全国放送のね。ああ、あんたも観たって言ってたわよね。あの程度の番組だって想像以上に時間とられるのよ。本業に差し障るから、わたしはもうテレビにはなるべく出ないって決めたのよ」

ここにいない誰かに向かって香波さんはまくしたてた。

「香波さん、もしかして札幌で暮らすの？」

「まさか。暮らすわけないじゃない。オフのあいだいるだけよ。どうしてそんなこと聞くのよ。わたしの仕事は東京じゃないとむずかしいもの。そりゃあ、ゆめ乃みたいに地方でのんびりやる手もあるけど、第一線で働くならやっぱり東京じゃないとね。わたしは忙しいのよ。この女みたいにローカルテレビなんかに出てるひまないわ」

はっふ、はっふ、と呼吸が荒い。治まるどころか、しだいに大きく、速くなっていく。

香波さんは胸に手をあて、はふはふはふはふと喘（あえ）ぎだした。いびつに開いた口が懸命に空気を求めている。眉間にしわを寄せ、苦しさと驚きが混じった表情だ。紅潮した顔にみるみるうちに汗が滲みだす。

わたしは苦しそうな姉をただ見つめ、数秒後、我に返った。

「か、香波さん？」

香波さんは必死に空気を吸おうとしている。でも、うまく吸えないようだ。荒い息づかいが空まわりしている。

死ぬ。この人、死んじゃう。

「いまっ、いま救急車呼ぶからね」

立ち上がったわたしの手を香波さんがつかむ。思いがけず強い力だ。香波さんの震えが伝わってくる。

香波さんは激しく首を横に振った。

「え？　なに？」

喘ぐ口でなにか告げると、また首を横に振った。だめ、と聞こえた。

「だめ？　なにがだめなの？　救急車？」

こくん、とうなずき、床の上のバッグを指さす。

バッグを渡すと、香波さんは震える手で化粧ポーチから白い錠剤を取り出し、二錠口に入れた。

わたしは慌ててコップに水を入れ、香波さんに手渡した。

「大丈夫？」

香波さんはソファに横たわり、目を閉じている。全身が震え、胸がせわしなく上下している。

「ほんとに大丈夫なの？」

小さな首肯が返ってきた。

しだいに香波さんの呼吸は落ち着いていった。すー、はー、すー、はー、と意識して深呼吸をしているようだ。体の震えも治まってきたし、眉間のしわも目立たない。そんな香波さんを、わたしはただ突っ立って見下ろしていた。

「また出た」

「もっとお水飲む？」

声が重なり、「え？」とわたしは聞いた。

香波さんは目を閉じたまま、「また出た、発作」とつぶやいた。その声は奇妙に落ち着いていて、あきらめの気配が感じられた。

ほんとうに死んでしまうんじゃないだろうか。自分の考えに、すっと心が冷えた。

香波さんはなにか深刻な病気で、余命宣告をされたんじゃないだろうか。だから最後に実家に帰ってきたんじゃないだろうか。

「もう、ほんとにだめかもなあ」

目を閉じたまま、まるで最期の息を吐き出すように言う。目の下にしわが刻まれ、ファンデーションがよれて頬の毛穴が目立つ。

「大丈夫だから。大丈夫じゃないけど」

「え？」

「死なないから」

思考を読まれた気がして、「あ、うん」と答えるのが精いっぱいだった。

「どうせ興味ないんでしょう、あんたは。わたしがどうしてお金貸してって言ったり、実家に帰ってきたりしたのか。どうでもいいんでしょう」

「……病気だか、ら？」

「まあね」

香波さんは、ふん、と鼻で笑い、「パニック障害」と言った。

「最初は一年前。仕事してたら急に動悸がして息ができなくなって、死ぬかと思った。すぐに治まったから病院には行かなかったけど」

更年期の症状かと思ったのよね、と自嘲ぎみにつぶやく。

「でも、なにか変なのはわかったの。そのあとも、仕事しようとすると息苦しくなったり、動悸がしたりするのよ。疲れてるのかな、ストレスかな、って騙し騙し仕事をしたんだけど。ほら、わたしって売れっ子イラストレータだから、そう簡単には休めないじゃない？　でも、だんだん症状がひどくなって、締切に間に合わないことが多くなったのよ。そうしたら信用なくすじゃない？　仕事も減るじゃない？　やばいなあ、病院に行こうかなあ、って思ってたら二度目の発作が起きたの。そうしたら、もう完全に仕事ができなくなっちゃった。仕事しようとすると、あらゆる症状が出るのよ。どきどきしたり、めまいや吐き気がしたり、目がちかちかしたり。病院に行っても原因がわからなくて、心療内科を紹介されて、そうしたらパニック障害だ、って。……知ってる？　パニック障害」

わたしは少し考え、「聞いたことはあるけど、よく知らない」と正直に答えた。

「処方された薬を飲んだら、調子が良くなったのよ」

パニック障害の説明をする気はないらしい。香波さんは目を閉じたまま続ける。顔の赤みは引き、光線の加減か青白く見える。

「でも、だめ。仕事ができない。どうしてもできないの。仕事をしようとすると、体が全力で拒否するのよ。そういうわけで、もう半年以上仕事してないの。廃業状態」

だから、わざわざ右上の町までお金を借りに来たのか、とやっと思い至った。

「お金がないの」

香波さんはつぶやき、「あんたと同じように」と笑いを滲ませた。

「生活できなくなったから、東京のマンションを引き払って、こっちで気分転換しようと思ったのよ。わたしほどのキャリアがあれば、札幌でならなんとでもなる気がしない？」

香波さんのキャリアがどれほどのものなのか、わたしにはわからない。ただ、前に観た深夜のBS番組では、完全に脇役の、その他大勢のひとりに見えた。

返事を待っている気配が感じられ、わたしは慌てて「うん、そうだね」と答えた。

「今日、高校のときの同級生に会ってきたのよ。そうしたら、札幌にはゆめ乃っていう有名なイラストレータがいる、テレビにも出てる、って聞かされて、なんだか無性に腹が立ったのよね」

テレビのなかのゆめ乃は、香波さんとは正反対のタイプに見えた。小さくて、ぽっちゃりして、色白で、手づくり感のあるふわふわした服を着ていた。たしか結婚していて、子供もいるはずだ。「かわいい」「天然」「ほっこり」スタジオのキャスターがよくそんな言葉を投げかけていたのを覚えている。

そうか、ゆめ乃は香波さんと同じイラストレータだったのか。香波さんのせいで、イラストレータは自己主張が強い人がなるイメージだった。

「お金、お母さんに借りられないの？」

「まさか。お金貸してなんて言ったら、なに言われるかわかんないもの。お母さんには絶対に言えないわ。あんただってそうでしょ」

「……うん」

「あーあ」と声を出して、香波さんはゆっくりと上半身を起こした。背もたれにもたれかかった香波さんは、全力疾走した人のような疲労感をまとっている。

「発作を見られたから言っちゃうけど、飛行機に乗るとき大変だったのよ。大量に薬飲んで、一か八かみたいな覚悟で乗ったんだから。そのあと車運転したんだから、ほんとに死ぬかと思ったわよ」

死んでもいい、とちょっとくらい思っていたんじゃないか、とわたしは考えた。

少し横になってくるわ、と立ち上がった香波さんはドアの前で振り返った。

「ノーリーは？」

「知らない。まだ寝てるんじゃない？」

「もう五時なのに？」

そう言って、ふっと笑う。笑うとますます疲れて見えた。

「救われる」

「え？」

「生まれてはじめてノーリーに救われたわ」

くちびるの端に笑みが滲んでいる。自虐的でも薄笑いでもない、純粋な笑みだ。

「わたし、まだだめじゃないかもしれない」

自分に言い聞かせるように言い、香波さんは居間を出ていった。

2

家族四人が一緒に暮らすのは三十年ぶりだ。だからといって会話や団欒はなく、家のなかはすかすかしている。

実家に戻って五日目を迎えた。

布団から出たときは十時を過ぎていた。パジャマ代わりのスウェットのまま居間に下りると、今日も誰もいない。

やはり母はカラオケ喫茶を続けているらしい。わたしと香波さんが帰ってきた日はたまたま休みだったのだろう。翌日からは早くに出かけ、夜遅くに帰るようになった。

今日も朝食の用意はない。期待していないから、がっかりもしない。ただ、ロールパンも食パンもない。冷蔵庫にも食材はなく、マヨネーズやケチャップなどの調味料が大半で、すぐに食べられるものは納豆となめ茸だけ。けれどごはんはなく、炊く気にはなれなかった。

実家にいれば家賃も食費もかからないと思い込んでいたのに、お腹がすくたびコンビニに行っているから、食費に関しては右上の町にいたころと変わらない。しかも、香波さんにお使いを頼まれる。この日も、わたしの部屋のドアにメモが貼ってあった。

エビアン　500ml×2本
ヨーグルト（アロエ）
ヨーグルトドリンク（プレーン）
プリン
たまごボーロ

発作を起こしてからの香波さんは部屋に閉じこもっている。わたしが知る限りトイレとシャワー以外で部屋から出ることはないし、まともな食事もしていないようだ。なにかつくろうかな、と思いついた。シチューかスープなら香波さんも食べられるかもしれない。

コートのポケットに香波さんのメモを入れて家を出た。

春の陽気だった。

光にあふれた青空に、混じりっけのないふわふわした雲が浮かんでいる。地上を清めようとするように降り注ぐ陽射しが、宙に漂うほこりを輝かせている。目に映るものすべてが明るさのなかにあった。

ふと、実家に帰ってから、死にたい、とつぶやいていないことに気づいた。

バス停ふたつ先にあったスーパーは、大型ショッピングセンターに変わっていた。煌々（こうこう）としたあかりを放つ食料品売り場には、広い空間の隅々（すみずみ）にまでぎっしりと商品が並べられている。

わたしは、ひさしぶりに見る品ぞろえに圧倒された。

右上の町のスーパーはキャベツも人参も鶏むね肉も一種類しかなかったから、値段以外のことは考えずにカゴに入れるしかなかった。

アップテンポなＢＧＭが耳になだれ込んでくる。

しんせんしんせん、みんなでたべれば、しあわせしあわせ、やさいにくだもの、おにくにおさかな、しんせんしんせん、みんなでたべれば、しあわせしあわせ。

「澪子？」

カップ麺のコーナーを見ていたわたしに声がかかった。振り返ると、見覚えのある顔があった。

「澪子でしょ？　やだ。全然変わってない」

そう言って笑う。高校時代の同級生だとわかるのに、名前が出てこない。

「わたしよ、わたし。亜弥」

名乗ってくれたことにほっとし、やっと笑顔をつくれた。

亜弥とは高校のとき同じグループだった。気が合う者同士が集まったのではなく、どのグループにも入れなかった人の寄せ集めだった。

「わたしは太っちゃったけど、澪子は変わってないね」

「そうかな。変わってないかな」

「うん、全然変わってないよ。すぐわかったもん」

全然変わってない、と言われたことと、亜弥がたぶん十キロ以上太ったことに救われる気持ちがした。

「澪子、いまなにしているの？　札幌に住んでるの？　家、このへん？」

ああ、そうか。高校を卒業したきり会っていないから、亜弥はわたしのことをなにも知らないのだ。

「わたしはいま仙台なの。ダンナの転勤で。もともとダンナの実家が仙台なんだ」

わたしが答えないうちに、亜弥は堰を切ったようにしゃべりだした。そうだった。亜弥は人の話を聞かないタイプだった。亜弥とは会話が成立しない、自分の話ばっかり、とグループの誰かが陰で言っていた。

「でも、うちのダンナは三男だから同居の心配はないんだ。それなのに、向こうの親がマンションの頭金出してくれたの。だから、まあ楽っちゃあ楽よ。澪子は？」

「あ、うん。わたしは……」

「わたしはね、いとこの結婚式でこっちに帰ってきたの。でも、なんか実家のほうが疲れちゃうんだよねえ。親も歳だから、いろいろ気をつかわなきゃならないし。昨日なんか冷蔵庫の掃除させられちゃってさ。冬に帰ってきたら雪かきさせられるから、お正月にはなるべく帰ってこないようにしてるんだ」

声をあげて笑う亜弥に合わせて、わたしも、あはは、と声を出した。

「うちはふたり。中二と小四になるの。上が男の子で、下が女の子。澪子んとこは？」

「え」

「子供よ。何人いるの？」

「えっと、ふたり。中三と、小六」

改めて計算するまでもなく、人生設計に沿った学年がするっと出た。そんな自分に薄気味悪くなる。

「じゃあ、来年受験だね。大変だあ。うちも今年から塾に通わせるんだ。でも、うちはなんだかんだいって田舎だから楽かな。それなりに幸せにやってるよ」

「うちもなんだかんだで幸せにやってるわ」

そう返したら、ここじゃないどこかにほんとうにそんな自分がいるように思えた。なにも持っていないわたしと、望むものをすべて手に入れたわたし。自分が裂けるチーズみたいに、上からすーっとふたつに裂けていく。

「親がマンションの頭金出してくれたなんて、亜弥がうらやましいなあ。うちなんか住宅ローンの返済で大変。子供の教育費もこれからどんどんかかるでしょう」

たくさんしゃべらないと人生設計どおりのわたしが消えて、亜弥に「嘘つき」と糾弾されてしまう気がした。

「うちだって大変よ。出してくれたの頭金だけだから。でも、教育費も向こうの親が出してくれそうなの。上の子が、まだ中学生なのに将来は医者になるなんて言っちゃって、向こうの親は大喜びよ」

「うちの子たちは子供っぽいのかなあ。まだ将来のことなんて考えてないみたい。お母さんお母さん、って甘えてばっかり。でも、孫に甘いのはどこも同じね。やっぱりかわいいのね」

「うちの両親なんて、孫が結婚するまで絶対に死なないってスポーツクラブに通いはじめちゃったのよ」

「うちの母親も、孫と話したいからって毎日電話かけてくるもの」

「じゃあ澪子、お母さんとうまくやってるってこと？」

そう聞いた亜弥の顔が怪訝（けげん）そうに見えた。

「え？　なんで？」

声が上ずった。

亜弥はなにもかも知っているのではないか、と鼓動が速くなる。

「だって高校のとき、お母さんのことが苦手だって言ってたよね」

「そう、だっけ？」

「言ったよ。わたし覚えてるよ。だって強烈だったもん」

そう言って亜弥は「やばい、思い出した」とひとりで笑いを大きくする。

「なんのこと？」

「ほら、澪子のお弁当よ。おかずがポテトサラダだけだったじゃない」

思い出した。高校最初のお弁当だ。蓋を開けたら、白米とポテトサラダが半々で入っていた。母が、カラオケ喫茶で残ったポテトサラダをぎゅうぎゅうに詰め込んだのだ。

「そうしたら、次の日はマカロニサラダに変わったよね」

亜弥がしゃくり上げるような笑い声とともに言う。

あり得ないお弁当が二日続き、母に文句を言ったら、じゃあ自分でつくれと返され、三日目から自分でつくるようになった。

「うちの母親、常識ないし、人のこと考えないから」

高校生のときの感情がよみがえり、つい素の言葉を口にしてしまった。

「やっぱり親子だね。澪子もそういうとこあるもんね」

「え？」

「澪子は自分のことしか考えてない、ってグループの誰かが言ってたもん」

笑顔のままさらっと告げた亜弥に、わたしは言葉を返せなかった。

そんなわけない、との思いが時間差でこみ上げる。

自分のことしか考えない、といつもわたしは、わたし以外の人に不満を抱いていた。実家にいたころは家族に、結婚してからは夫に。

香波さんの言葉がよみがえる。

——昔からそうよね。自分のことしか考えてないんでしょう。

そんなことない、と改めて強く否定した。わたしは自分以外の人のことを考えている、と反対の言葉をつくってみたら、強烈な違和感に答えを突きつけられた。いや、でも、香波さんのためにシチューをつくろうと思ってるし、と慌てて自分を擁護すると、そのスケールの小ささにへこたれた。

わたしのダメージに気づかず、「じゃあ、またね」と、亜弥はあっさりと行ってしまった。またね、と言ったくせに、電話番号やアドレスの交換を求められなかった。彼女にとってわたしはまた会いたい存在ではないということだ。わかってはいても、追い打ちをかけられた気分だった。

むなしさと自己嫌悪が油膜のように張りついている。

ぺらぺらと嘘をまくしたてたこと。叶わなかった人生設計に未練がましくしがみついていること。自分のことしか考えていないと言われたこと。それだけじゃない。

亜弥と会ったことで、十代のころの記憶が呼び起こされていた。

わたしは、がさつでデリカシーのかけらもない母が苦手だった。母の無神経な言葉で、傷ついたりびくびくしたり腹を立てたりする自分が嫌だった。ちがう家に生まれていれば――。何度そう思っただろう。わたしが早くに人生設計を立てたのは、実家を出て、新しい居場所を確保したかったからだ。結婚すればそれだけで人が羨むような、あの人幸せそうねと言われる人生がはじまると信じていた。それなのに、そこでもわたしは、ちがう人と結婚していれば、と恨みがましく思う日々を過ごしていた。

うなだれた気持ちで家に帰った。

二階に上がる階段の途中で、叫び声が耳に入ってきた。ぅおおおー、ぅおおおー、と聞こえたけど、香波さんの部屋の前に立ったところで、「くっそー」と繰り返しているのが聞き取れた。

「くっそー。くっそー。くっそー」

香波さんは腹の底から絞り出している。誰に「くっそー」なのだろう。自分自身にだろうか、ゆめ乃にだろうか、それともままならない現状にだろうか。

大丈夫？　と声をかけようとしたら、

「くっそ――――！」

ひときわ大きな声がした。まるで肉食動物の咆哮のような叫びに、闘っている、と言葉が浮かんだ。香波さんはいま、ひとりで闘っている。相手はゆめ乃でも病気でもない。きっと自分自身だ。闘争心を剝き出しに「くっそー」と繰り返す香波さんは、痛々しくて、うっすらと怖くて、でも勇ましかった。こんな状態なのに、這ってでも前へ進もうとする強さをうらやましく思った。

頼まれたものをドアの前に置いて階段を下りた。

台所に立ち、レジ袋からシチューの材料を取り出す。手を動かすことでへその奥に居座っているもやもやとした感情から意識をそらしたかった。

ひと口大に切った鶏肉と野菜ときのこを炒め、水を加える。結婚していたときは小麦粉からつくったけど、今日はルーを買ってきた。くつくつと煮立つ鍋を見つめていると、母にシチューをつくってあげたことがあったのを思い出した。

「わたしも食べる」

振り向くと、香波さんが立っていた。

「具合は大丈夫なの？」

「あんた、なんで泣いてるのよ」

「え？」

顔をぬぐうと濡れていた。

「あ、玉ねぎ、かな」

香波さんは「あっそう」と返し、食卓についた。ボーダーシャツとスウェットパンツで、髪はぼさぼさだ。でも、化粧をしていないほうが若く見える。

「シチューでしょ？」

「うん。食べられそう？」

「におい嗅いだらお腹すいた」

「おいしくないかもしれないけど」

シチューとロールパンを香波さんの前に置きながら反射的に言った。

香波さんがふっと笑う。

「澪子、損してるわよ」

「なにが？」

「おいしくないかもって出されたら、おいしくてもまずく感じるじゃない」

「だって、昔、お母さんに文句言われたから。高校生のときシチューつくってあげたら、シチューなんて材料費かかるわりにおかずにならないしょや、もったいない、って」

「お母さんらしいわね」

「コロッケをつくったときは、コロッケなんてスーパーの半額ので十分だ、って言われたし」

母との距離を縮めようとわたしなりに考えて、料理をした時期があった。それなのに文句ばかり言われ、ますます距離が広がった。

「お母さん、大阪生まれだから、いつも真っ先にお金のことを言うものね。北海道弁丸出しでも、気質は関西人のままなのよ。わたしもよく文句言われたなあ。お母さんに頼まれて買い物に行ったのに、なんでこんな高いもの買ってきたんだ、ほかのスーパーならもっと安かったのにとか、誕生日に口紅買ってあげたらこんなのが五千円もするなんて信じられない、それなら商品券のほうがよかったとか」

はじめて聞く話だった。

香波さんは目もとに笑みを滲ませてスプーンを口に入れた。「普通においしい」と、はふはふとじゃがいもを噛む。

「香波さん、平気だったの？」

「なにが？」

「そんなこと言われて」

「そういう人だもの」

わたしもよく思った。母はそういう人なのだ、と。けれど、香波さんとわたしの「そういう人」はまったくの別人みたいだ。

「だって、ひどくない？」

「おもしろいじゃない。ときどき、すっごくむかつくけど」

どうしておもしろいだなんて思えるのか理解できない。

わたしは香波さんの斜め前に腰を下ろした。シチューをすくって口に入れる。思ったとおりの味。それ以上でもそれ以下でもない。あたりまえだ、何度も味見をしたのだから。

「澪子、やっぱり損してるわよ」

鶏肉の皮をスプーンで剝ぎながら香波さんは言う。

「おいしくなくはないよ」

「そうじゃなくて」と香波さんは顔を上げた。

「澪子ってあれじゃない？　きれいな青空を見て、気持ちいいなあって思うんじゃなくて、むかつくタイプじゃない？　わたしはこんなにつらいのになんで晴れてるんだ、って」

「……むかつきはしないけど」

「じゃあ、いつ雲が出て雨が降るんだろう、って心配するタイプ？」

「そんなこともない、と思うけど」

「じゃあ、いまは晴れてるけど、そのうち大雨になって、そのときわたしは傘を持ってなくてびしょ濡れになるはずだ、どうしよう、ああ嫌だ、って落ち込むタイプだ」

「……いや。どう、かな」

コップに半分入った水を見て、まだ半分あると考えるのか、もう半分しかないと考えるのか、というようなことを言っているのだろうか。だとしたら、とっくに自覚している。

「あんたは昔から嫌なことばかりに目が行ってたものね。修学旅行に行くときだって、お腹が痛くなるかもしれない、乗り物酔いするかもしれない、って考えすぎて行くの嫌がったよね。あんたは起こってもいない嫌なことから逃げようとするタイプなのよ」

嫌なことから逃げる。それならわたしだって聞きたいことがある。

「じゃあ、香波さんはなんで東京に行ったの？」

「なによ、急に。進学のために決まってるじゃない」

「ほんとうはこのうちが嫌で出ていったんじゃないの？」

「うち」と言おうか「お母さん」と言おうか迷った末、「うち」を選んだ。

「なんで？」

目を上げた香波さんは不思議そうだ。

「ちがうの？」

「ちがうわよ。才能がそうさせたのよ」

あごを上げてわたしを見据え、きっぱりと答えた。自慢話をはじめるときの挑発するような顔つきになっている。

「せっかく才能があるのに、こんな田舎でちんたらやってたらもったいないじゃない。ほんとは海外に行くことも考えたんだけど、まあ、最初は東京程度でもいいかな、って。そうしたらあっというまに忙しくなっちゃって海外に行けなくなっちゃったんだけどね。でも、東京に出て正解だったわ。あんたは知らないだろうけど、わたし、その世界じゃあけっこう名前が知られてるのよ。あのまま札幌にいたら、地方限定の自称イラストレータどまりだったかもね、ゆめ乃みたいに」

また発作を起こすんじゃないかとどきどきしたけど、まくしたてた香波さんは残りのシチューをかっこむと、「ごちそうさま」と勢いよく立ち上がり、ロールパンをつかんで出ていった。

ほんとうだろうか。ほんとうに香波さんは、このうちから離れたくて東京に行ったんじゃないんだろうか。父もノーリーも香波さんも、みんなここじゃない居場所を求めて出ていったと思い込んでいた。

くっそー。香波さんの叫び声を思い出した。

この家を出て東京に行くとき、香波さんは四十六歳になった自分が実家に戻って「くっそー」と連呼することになるとは想像もしなかっただろう。

「くっそー」

つぶやいてみた。闘っているような感じはこれっぽちも湧かず、似合わないアクセサリーをつけているような違和感だった。

夜の十一時すぎ、母が帰ってきた。

二階の自室にいても、母が玄関を開け、鍵を閉め、居間のドアを開け、どすどす歩きまわる音がはっきり聞こえる。物音が聞こえなくなるのは母が就寝したときだ。

わたしは布団のなかで寝返りを打った。静けさが妙に気になり、眠れなかった。何度も寝返りを打つ。

小さな物音が静寂にひびを入れた。ドアが軋(きし)む音に続いて、廊下を歩くひそやかな気配。ノーリーだ。まるで幽霊のような気配が階段を下りていく。わたしは体を起こした。携帯を見ると、二時を過ぎたところだ。

実家に帰った夜に会ったきり、ノーリーとは顔を合わせていない。それどころか、存在をきれいに忘れていることさえある。ひきこもりはうまくひきこもるんだなあ、と感心した。

たしか、ノーリーが実家に帰ってきたのは半年前だと言っていた。半年間、こうやってひきこもっているのだろうか。四十七歳のひきこもり。でも、ノーリーだから驚きはしない。むしろ、ひとりで東京に行ったのに野垂れ死んでいなかったことのほうが驚きだ。

わたしは廊下に出て、耳を澄ませた。階下から物音はしない。出かけたのだろうか。

足音をたてないようにノーリーの部屋の前に行き、ドアをそうっと開けてみた。

無意識のうちに想像していたとおりの部屋だった。物が散乱し、いろんな食べ物が入り混じったにおいがする。こたつテーブルの上には動画サイトを見ていたらしいノートパソコンが開かれたままで、飲みかけのコーラと食べかけのポテトチップス、菓子パンの袋が数枚、ボールペンとノート、紙コップ、ティッシュが置いてある。床には脱いだ靴下やフリースジャケット、タオル、ごみを入れたレジ袋。いちばん片づいているのはベッドの上で、それでも靴下とジャージとバスタオルが丸まっている。

ノーリーは一生このままなんだな。そう思ったとき、自分がぐるんと裏返り、なかからなにかが飛び出す感覚がした。

これは離婚してからのわたしそのものじゃないか、と気づいた。

したいことも、できることも、やるべきことも、なにもない。食べて寝ることでただ現状をやり過ごしている。

ノーリーに救われる、と香波さんは言ったけど、それはノーリーを自分より下だとみなしているからだ。香波さんはいい。「くっそー」と闘える強さがある。病気が治れば、元の明るい場所に戻れるのだから。

ドアを閉めたら、階段が軋む音がした。

わたしはトイレに起きたふりをして、わざと足音をたてて階段に向かった。階段を上ってくる頭が見えた。カサ、カサ、とレジ袋の音。

ノーリーがわたしに気づき、不思議そうな顔で見上げる。小さく「お」と発音するときの口だ。階段を上りきったところで立ち止まり、レジ袋に片手を入れた。

ノーリーが無言で差し出したのは、うまい棒だった。わたしはしげしげと見つめた。チーズ味とある。くれるのだろうか。それとも見せびらかしているのだろうか。ノーリーのことは昔からまったく理解できない。

レジ袋に目をやると、うまい棒がいくつも入っているのが見えた。ペットボトルの飲み物と菓子パンもある。ノーリーは伏し目がちで、目を合わせようとしない。前髪のあいだから額の傷が見えた。

「くれるの？」

そう聞いたわたしに、恥ずかしそうにうなずいた。

「ありがとう」

受け取っても、伏し目がちのまま立ち去ろうとしない。

わたしたちは数秒間、無言で向き合っていた。わたしのほうが焦(じ)れた。

「あ、じゃあ。わたし、トイレに行くから」

そう言って階段を下りた。

どうしてうまい棒をくれたのだろう、とどうでもいいことを考えたけど、ノーリーのことなんかわかるわけがない。

この家に引っ越してはじめての夏のことだ。

わたしは小学校に入る前で、香波さんは小学五年生、ノーリーは六年生だった。素麺を茹でていた母にふたりを呼ぶように言われ、わたしは二階に上がった。そのときのわたしはすでに、ノーリーのことを「いつも寝ている人」、香波さんのことを「いつも怒っている人」とみなしていた。ふたりとも遊んでくれなかったからきょうだいという意識は薄く、香波さんには怒られないように、ノーリーにはかまわないようにしていた。

階段を上ったところで「お母さんがごはんだって」と告げたけど、どちらも出てこなかった。わたしの声はこのときから小さかったのかもしれない。

廊下の右奥が香波さんの部屋で、左の手前がノーリーの部屋だった。ノーリーはいつも自分の部屋でうつぶせになっていた。体から力が抜け落ち、うぐいす色のカーペットにぺろんと貼りつくようだった。また寝てるんだろうなあ、となかをうかがうと、予想に反して激しく動くものを目が捉えた。白い足だった。カーペットにうつぶせになったノーリーの両足がバタバタと宙を蹴っている。

「ノーリー？」

立ち尽くすわたしの背後から香波さんの声がした。

ノーリーに返事はなく、激しいバタ足は止まらない。

「お母さん！　お母さん！　ノーリーが大変！」

香波さんが叫んだ。

うつぶせだったノーリーが、突然ひっくり返った。その顔は真っ赤で、目も口もぎゅっと閉じられ、いまにも破裂してしまいそうだった。ノーリーは両手と両足をばたつかせながら、カーペットの上を無言でごろごろ転がりだした。パンと炸裂する寸前のねずみ花火そっくりだった。

母の短い悲鳴が聞こえた。

「ノーリー！　どうしたのさ！　香波、救急車！　救急車呼んで！」

母が叫んだ瞬間、ノーリーの動きがぴたりと止まり、ふひゃっ、とひきつけに似た音がした。ノーリーの大きく開いた口が、ふっは、ふっは、ふっは、と空気を求めて荒い呼吸を繰り返す。粒になった顔の汗がいっせいに流れだすのが見えた。

「ノリ！　大丈夫？　しっかりして！」

ノーリーの呼吸は少しずつ落ち着いていった。顔の赤みは引き、手も足もおとなしくなっている。目を開けたノーリーは母の膝から頭を上げて、上半身を起こした。

「大丈夫かい？　苦しくないかい？」

母の問いにこくんとうなずき、「だめ、だった、のだ」とノーリーはつぶやいた。

「え？　なにが？」

母がノーリーをのぞき込む。

「だめ、だったのだ」

繰り返したノーリーはにやにや笑いを浮かべていた。見慣れた表情だった。怒られたときやなにか聞かれたとき、ノーリーはいつもくちびるを歪めてひとりでひっそり笑うのだった。

「息するのが、めんどくさくて」

ノーリーは言った。

「疲れるのは息するせいかなと思って。息するからほかのことができないのかなと思って。やめようと思ったけど、苦しくて、無理だったのだ」

言葉の意味はわかっても、その言葉が生まれる仕組みがわからなかった。なに言ってるんだろう、とわたしはそれだけを思った。

それなのに母は泣きだした。ノーリーを手荒く抱き寄せ、「いいんだよ、いいんだよ。ノーリーはそのままでいいんだよ」と泣きながら言った。

ノーリーは最初にやにやしていたけど、やがてうわーんと声をあげ、「めんどくさいよー、めんどくさいよー」と母の胸で泣きじゃくった。

その日から、母はノーリーを叱るのをやめた。お腹が痛い、頭が痛いという嘘を受け入れ、無理やり学校に行かせることをやめたし、宿題や勉強をしろというのもやめた。片づけなさい。シャキッとしなさい。いい加減にしなさい。そんな言葉も言わなくなった。あからさまにノーリーに甘くなった母だったけど、わたしも香波さんも文句は言わなかった。だってノーリーだから、と。

わたしは頭のなかで引き算をした。三十五年前のことだ。三十五年もたっているのになにも変わっていないことに圧倒された。香波さんはわたしを「昔からそう」と糾弾するけど、ノーリーなんか息をするのが面倒と泣いたときのまま、いまも寝そべって暮らしている。寝そべったままでも生きていけることに、世の中の仕組みが組み換えられたように感じた。

あのノーリーが、東京でひとりでやっていけるわけがない。きっと母が、わたしたちには内緒でお金を送っていたのだろう。いまも、母がお金を渡しているにちがいない。

次の日、鍋のシチューがなくなっていた。

誰が食べたのだろう。香波さんかノーリーか、まさか母だろうか。鍋は洗っていない。だからこそ、最後のひとすくいまできれいに食べたことがわかる。

わたしは鍋を洗った。底が焦げついてなかなか取れない。たわしでごしごしすると、ひさしぶりに筋肉を使っている実感があった。

家を出ると、今日も晴れ渡った青空だった。そこらじゅうに陽光の粒が漂っているようにまんべんなく輝かしい。

わたしは気持ちいいと感じているだろうか、それともむかついているのか、落ち込んでいるのか。自問したけど、どれにも当てはまらない気がする。空なんてどうでもいい。

今日はなにをつくろうか、と頭を切り替える。豚汁、ミネストローネスープ、クラムチャウダー。メニューを考えながらショッピングセンターに向かった。コートのポケットには、香波さんのメモが入っている。

エビアン　５００ml×２本

今日はこれだけだ。

前方を三人の女たちが、わたしの行く手をふさぐように横並びで歩いている。ふたりがベビーカーを押し、ひとりは四、五歳の女の子を連れている。女の子が「ママー」とはしゃいだ声をあげ、幼い娘に目を向けたママのやさしそうな笑顔が見えた。

それは、わたしが描いた人生設計のワンシーンだった。目の前の光景がなつかしいものに見えた。その瞬間、わたしは再び同じ人生設計を立てることはできないのだと思い知らされた。

頭のなかで、無理やり年齢を上げてみる。四十二で結婚、四十四で子供を産んで、マイホームを手に入れる――。

無理ではない。けれど、わたしには実現不可能な人生設計だった。夫、子供、マイホーム。どれもとうに過ぎ去ったものに感じているのだから。

頭上に目をやると、一点の陰りもない青空がわたしを見ていた。

こんなことなら、途中をもっと楽しめばよかった。たとえ人生設計が叶わなくても、きれいだなあ、気持ちいいなあ、と過ごせばよかった。終わった一日をちぎって捨てるような日々にしなければよかった。

青空から目を戻したとき、〈ビーフシチュー〉という文字が視界に飛び込んできた。

洋食屋のランチメニューの看板だ。ほかに、ハンバーグ、ハッシュドビーフ、カニクリームコロッケ、シーフードカレーがある。カレーもいいかな、とぼんやり思った。

壁にスタッフ募集の貼り紙がある。男女不問、年齢不問。ランチタイムは十一時～十四時半、ディナータイムは十七時～二十二時。明るく元気な人、笑顔が素敵な人、大歓迎！

いきなりドアが開いて、ずんぐりした男が出てきた。六十歳くらいだろうか、調理服の汚れが目立つ。

「バイト？」

にこやかに聞いてくる。

「はい？」

「バイト希望？」

「あ、いえ」

「昼はもう決まっちゃったんだよね」

男は看板の〈カニクリームコロッケ〉を消して〈ミックスフライ〉と書き、

「夜でもいいなら来てよ」

と、わたしに笑顔を向けた。

「え？」

「夜のバイト。どう？」

「わたし、ですか？」

「うん。来てくれたら嬉しいなあ」

来てくれたら嬉しい――。男の言葉が、カランカランと鐘の音のように繰り返し響いた。

いままでそんなことを言われたことはなかった。

右上の町にいるとき、パートをしようとしたこともあった。回転寿司のホール係とクリーニング店の受付だ。どちらも不採用だった。不必要な人間だと、役に立たない人間だと、暗に言われた気持ちになり、しばらく落ち込んだ。

〈明るく元気な人、笑顔が素敵な人、大歓迎！〉

もしかしてだけど、わたしは明るく、笑顔が素敵な人に見えたのだろうか。

〈ビストロこのみ〉での仕事は、ホールと皿洗いだった。

オーナーと奥さんが料理をつくり、娘が接客を担当し、バイトはわたしのほかに時間帯によってひとりかふたりだ。

ホールの仕事は経験がある。就職活動に失敗したわたしは短大を出てから結婚するまでのあいだ、ファミリーレストランでアルバイトをしていた。ブランクはあるものの、〈ビストロこのみ〉のテーブルは七卓だけだからなんとかなると思った。

ホールは、オーナーの娘が中心となってまわしていた。たぶん三十代だろう、左手の薬指に結婚指輪がしっくりなじんでいる。黒い髪をひとつに結び、きびきびと明るく、目線がまっすぐな人だった。

わたしはまず皿洗いをメインにすることになった。食器洗浄機にかけるものは軽くゆすいでセットし、かけないものはしっかり洗う。単純作業が意外にも心地よい。

「玉瀬さん！　ちょっとこの皿見て！　からし落ちてないんだけど」

皿を洗うわたしの目の前に、オーナーが皿を突きつけた。皿の縁にうっすらと黄色が残っている。

「あ、すみません」

あやまりながらも、わたしだろうかと考えた。ランチタイムの人が洗い損ねた皿じゃないだろうか。

「これで二回目だよね。僕、言ったよね。からしとかカレーのこびりつきに気をつけてねって」

初対面ではにこやかだったオーナーは、店のなかではよくヒステリーを起こした。機嫌のいいときと悪いときの差が激しく、同じことをしても怒るときと笑い飛ばすときがあった。

「三回目やったら本気で怒るからね！」

そう言い捨て、ぷいっと顔をそむけた。

「オーナー、機嫌悪いみたいね」

娘がそばに来て、小声で話しかけてくれた。

わたしはオーナーに怒られてもキレられても、たぶんほかの人が思うよりも平気だった。生まれたときから母と香波さんがそばにいたせいで、理不尽な仕打ちには耐性ができている。それにオーナーは、来てくれたら嬉しいと言ってくれた人だ。外側で怒っていても、内側にはあのときの言葉があると信じられた。

「ドンマイドンマイ」

娘は顔を寄せてそっとささやき、離れていった。

こんなとき、わたしは自分の不甲斐なさに打ちのめされる。わたしより十歳近く下の人に、出来の悪い子を見守るように接してもらっている。順序からいえば、わたしが教え、慰めるほうじゃないのか。それなのに、わたしには人に教えられることがひとつもないし、人を慰める状況になることもない。四十一年も生きてきてなにをやっていたんだろうと自問すると、なにもやっていない、とすぐに答えが出る。

だいたい、わたしには四十一年も生きてきた実感がない。ちょっと前に結婚して、そのちょっと前はファミリーレストランでアルバイトをし、そのちょっと前は短大生で、高校生で、中学生で、小学生だった。「ちょっと前」をつなげただけで、いつのまにか四十一年もたってしまった。このままだと、いくつかの「ちょっと先」をつなげただけで、あっというまに人生を終える日を迎えてしまうのではないか。

アルバイトを終えて家に帰ると、居間にあかりがついていた。

ドアを開けたわたしを見て、真っ赤なソファに寝そべっていた母が「どわっ」と驚きの声をあげた。

「なに、あんた。どうしたのさ。寝てたんじゃないのかい。出かけてたのかい。あんたにも出かけるとこがあるのかい。珍しい！」

体を起こしながら言う。

アルバイト、と答えるのに躊躇した。短大を出て就職しなかったわたしに、母はことあるごとに、アルバイトのくせに、と文句を言った。また同じことを言われる気がして、とりあえず、という言葉で逃げをつくった。

「とりあえず、アルバイト」

「アルバイト？　あんたが？　こんな時間まで？　まさか飲み屋かい」

今日は長居した客がいて、いつもより一時間遅い帰宅だった。

「ちがう。ビストロ」

「ビストロってなにさ」

「洋食屋みたいなもの」

「あんたみたいのでも雇ってくれるとこあるんだ！　へえ！」

テレビから韓流（ハンりゅう）ドラマが流れている。意味はわからないけど、男と女が言い争っている。

「ぜひ来てほしいって言われたんだけど」

「まっさかー」

「ほんとだけど」

「でも、しょせんアルバイトでしょ。アルバイトならどうにもならないっしょや」

昔からこうだ。母は、わたしのやることなすことを否定する。めんどくさいよーと泣き叫んだノーリーには、そのままでいいと言ったくせに。

「わたしよりもノーリーの心配すれば」

そう言い捨て浴室に向かったら、あははは！　母の笑い声が背後で響き、思わず振り返った。母はもうわたしを見ていなかった。あははは！　あははは！　韓流ドラマに大笑いしている。

シャワーを浴び終えると、居間に母はいなかった。

真っ赤なソファを見ていたら、あんたみたいのでも雇ってくれるとこあるんだ、と母の言葉が反芻（はんすう）された。実際に耳にしたときよりも、意地悪い声音に書き換えられている。なにか言い返したい衝動がこみ上げたけど、言い返せないからこんな自分になってしまったのだろう。

わたしははけぐちを求めて階段を上がり、勢いのままノーリーの部屋を開けた。

部屋は暗かった。常夜灯のあかりが、部屋に散らばったものを濃淡の影のなかに沈めている。ノーリーもベッドの上の影になっている。

十二時をとうに過ぎている。昼夜逆転の生活をしているのに、この時間に寝ているということは、いったいノーリーはいつ起きるのだろう。というより、一日何時間起きているのだろう。こんな人間に生きている価値があるのだろうか。

気配に気づいたのか、ノーリーが「んん？」とうめくような声を出した。

「まだ寝てるの？　っていうか、もう寝てるの？」

「頭が、痛いのだ」

ベッドの上からくぐもった声が返ってきた。

「あ、ごめん。頭痛いのに起こしちゃって。薬探してこようか」

「大丈夫」

「でも」

「たぶん、寝すぎだと、思う」

絶対に生きてる価値ない。心のなかで言いきった。

氷を四つ、焼酎を大きいメジャーカップいっぱい、炭酸水をグラスの七分目まで入れて、巨峰シロップを小さいメジャーカップ三分の二、最後に底のほうから持ち上げるようにかき混ぜる。

巨峰サワーをつくり終え、エプロンのポケットにメモをしまったわたしに、「遅いよ！」とオーナーから声が飛んだ。慌ててテーブルに持っていこうとしたら、「玉瀬さん、トレンチトレンチ」と娘がお盆を差し出した。

〈ビストロこのみ〉ではホール係がドリンクをつくる。昨夜から今日にかけて、メモを開いてレシピを頭に叩き込んだ。暗記したつもりでいたのに、いざつくろうとしたらなにがなんだかわからなくなった。

今日は開店と同時に宴会が入っていた。もうひとりのアルバイトが来るまでの一時間、ホール係はわたしと娘のふたりしかいない。そんなときに限って次々に客が来た。

「お皿足りないから早く洗って！」「なにしてるの！　冷めるから早く持ってって」「ちょっと！　お皿早く！」オーナーの声はとんがっている。いつもは無口な奥さんも「早くサラダ持っていって」と明らかに苛立った声を出し、けれど娘だけは「ドンマイドンマイ」と言いたげな表情を保っていた。

焦る。いまだけじゃなく、アルバイトをはじめたその日からずっとわたしは焦っている。

仕事で急かされる焦りではなく、いつまでたっても仕事に慣れない自分自身への焦りだ。アルバイトをはじめて十日たつのに、初日と変わらないだめさ加減だ。

ホールの仕事ならできると思った。けれど、頭も体もうまく機能してくれない。レシピは覚えられないし、客のオーダーは忘れるし、テーブル番号をまちがえるし、仕事の優先順位をつけられない。焦りが加速度をつけて膨れ上がる。

「りんごサワーひとつくださーい」

客の声に、こめかみがピキンとひきつれた。りんごサワー？　りんごサワーなんてあっただろうか。

エプロンのポケットからメモを出して、ページをめくる。あった。レシピどおりグラスに氷を四つ入れ、焼酎を大きいメジャーカップいっぱいに入れる。それから、りんごジュースも大きいメジャーカップにいっぱい。あ、炭酸水が先だった。

「まだ覚えてないの！」

小声だけど、怒鳴るような声音。

「なんでいちいちメモ見ながらやってるの！　みんなすぐに覚えるよ！　玉瀬さんだけだよ、そんなに物覚え悪いの」

オーナーの言葉に、サラダをつくっている奥さんがうなずくのが視界の端に映った。「わたしがやるから」とグラスを取り上げた娘は三秒くらいでつくり終え、客のところに持っていった。

「エビフライ、あがったよ！」

オーナーの声に体が固まった。なにかすればみんなからだめ出しされる気がして動けなくなった。

九時をまわると、客はひと組だけになった。わたしはオーナーに呼ばれ、休憩室に行った。説教を覚悟していたわたしの前に、「はい。ご苦労様」とオーナーが封筒を差し出した。

「え？」

オーナーはにこにこしている。はじめて会ったときの人なつこい笑顔だ。

「十日間、ご苦労様でした」

「あ、いえ」

いままでのきつい態度はわたしのやる気を試していたのかもしれない、と思いついた。

「みんなで話し合ったけど、今日でもういいからね」

「え？」

笑顔を崩さずにオーナーは、うん、とうなずいた。

「短かったけど、ご苦労様でした。それ、いままでのアルバイト代。今日の分は特別に十時までで計算しておいたけど、もう上がっていいからね。はい、どうもどうも、お疲れ様」

そう言って、厨房に戻っていった。

しばらく立ち上がれなかった。クビを宣告された気がするけど、そうではなく、わたしが言葉の意味をまちがえて捉えただけではないだろうか。一分後にオーナーが戻ってきて、「早く仕事に戻って」と言うのではないだろうか。

わたしは手のなかにある封筒を見つめ、壁の時計に目を移した。カチッと小さな音とともに、長針が三十分に合わさったのを認めてから、ようやく立ち上がった。

誰にも挨拶することなく、裏口から外に出た。

風が強く、寒い夜だ。信号の赤がくっきりと浮かんでいる。

あの夜が降りてきたようだった。右上の町で、清志と女を見かけた夜。みんながいる明るい場所にもう二度と行けないと感じた夜。あの夜が、巨大な蓋のように降りてきて、いまこの場所に覆いかぶさろうとしている。

ショッピングセンターのあかりが夜をぼうっと照らしている。ウインカーを出した車が駐車場に入っていく。

あの夜に支配されないために、わたしはあえて明るいほうへと足を踏み出した。

ショッピングセンターは、一階にあるスーパーとレストラン街だけが営業していた。

明日はなにをつくろうか、と無理やり考える。できるだけ時間がかかるものがいい。豚の角煮はどうだろう。うちに圧力鍋はあっただろうか。それとも、またシチューにしようか。それなら今度は小麦粉からつくるのがいい。まるで科白を読むように、いちいち言葉に置き換えた。

レストラン街のほうへ目をやったら、母がいた。

通路のベンチにひとりで座っている。膝の上にリュックを置いて身動きもせず。仕事帰りなのだろう、真っ赤なブルゾンと黒いロングスカートで、口紅の朱色が離れたところからでも見て取れた。七十代とは思えない派手さなのに、奇妙にちんまりとして、なんだかものすごくお婆ちゃんに見えた。小さくて、弱くて、さびしいお婆ちゃん。母なのに。あの母なのに。

こんなところでこんな時間に、ひとりでなにをしているのだろう。

いまは絶対に顔を合わせたくない。母に見つかる前に、わたしは出口へと急いだ。

目を閉じていても、まぶたにふさがれた目玉がかっと見開いているのを感じる。眠れない。時間がたつほど睡魔は遠ざかり、もう後ろ姿も見えない。

数時間前に言われたことが頭のなかを行ったり来たりしている。

――みんなで話し合ったけど、今日でもういいからね。

あのときは聞き流したけど、みんなって誰？　オーナーと奥さん、娘もだろうか。ドンマイドンマイと笑顔で慰めてくれたのに、陰では「使えない」とわたしを罵っていたのだろうか。陰気くさい。不幸そう。役立たず。彼らが言ったかもしれない言葉を、想像したくないのに頭が勝手にたぐり寄せる。

ドアの向こうで物音がした。

ひっそりとした気配はノーリーだろう。携帯の時刻を見ると、二時を過ぎたところだ。気配が階段を下りていく。

眠れないことに疲れ果て、わたしは体を起こした。

部屋を出て階段の下り口に立つと、玄関のドアが閉じる音がかすかに聞こえた。このあいだのようにうまい棒でも買いにコンビニに行ったのかもしれない。

わたしもコンビニに行こう。うんと甘いものを吐きそうになるくらい食べよう。そうしたら、ますます自分が嫌になると想像がつくのに、とことんまで落ち込みたかった。

家を出ると、住宅地の窓は黒く塗り潰され、風景は息をひそめていた。

街路灯はまばらで、頼りないあかりを舗道に滲ませている。ときおり幹線道路を走る車の音が潮騒（しおさい）のように聞こえてくる。

幹線道路を渡ったところでノーリーを見つけた。

　まるで暗がりのなかを流されていくような後ろ姿だ。ノーリーにすれば歩くこともめんどくさいのだろう。猫背で、ほとんど手を動かさず、足は地面すれすれにしか上がらない。老人か亡霊のようだ。息をすることさえ面倒な人が、どうやって四十七年も生きてこられたのだろう。

　わたしはコンビニに入るノーリーを見届けた。後をつけたと思われたくなくて、出てくるまで隣の公園の東屋（あずまや）で待った。

　やがて出てきたノーリーは、まっすぐこっちに向かってきた。見つかった、とひやりとしたけれどちがった。ノーリーはわたしに気づかず公園に入り、離れた場所にあるベンチに座った。レジ袋から取り出したなにかを食べている。

　公園は体育館くらいの広さで、真ん中が小山になっている。東屋とベンチのほかは、滑り台とブランコ。外灯がまだ草の生えていない地面を淡く照らし、ノーリーの右側の輪郭を暗い色に染めていた。

　やがて立ち上がったノーリーは公園のなかを歩き、小山の手前で立ち止まった。

　ヒィー、とかすかな音がした。風でなにかがこすれた音かと思った。けれど、風は吹いていない。ヒィ、キキキ、キヒィー。弱々しく、かん高い音だ。赤ん坊の泣き声だろうか。それにしては音に高低があるし、妙にアップテンポだ。わたしはあたりを見まわし、音の出どころを探した。どこからか音楽が漏れているのだろう。そう結論づけ、首を戻したら飛び跳ねる人影が目に飛び込んできた。

小山の手前で、ノーリーが片手を突き上げてジャンプしている。ヒィ、ヒィ、ヒィ、ヒィー。ノーリーが歌っているのだと気づいた。ひょろりとした影は腰に手をあて、前に数歩進み、同じだけ後退する。ヒィー、キキキ、ヒュイー、ヒュヒュヒュ。数回繰り返したのち、手を振りながら右に移動し、次に左に移動。くるりと一回転し、また手を突き上げてジャンプする。ヒィ、ヒィ、ヒィ、ヒィー。

息を止めて転がっていた小学生のノーリーが浮かび、これは呼吸する煩わしさから逃れるための儀式だろうかと考えた。そのほうがまだ現実的だった。

ひと気のない深夜の公園で、調子外れにひとり歌い踊るノーリー。

そうか、と急に腑に落ちた。ノーリーはやっぱり生きていけなかったのだ。だから、壊れてしまったのだ。いつからだろう。東京に行ってからか、それとももっと前、小学生のときからだろうか。母はこのことを知っているのだろうか。

ヒィ、ヒィ、ヒィーン、と歌うノーリーはステップのようなものを踏みながらこっちを向いた。目が合った。ノーリーは笑っていた。エネルギーのすべてを結集させたような全力の笑顔。ぞっとした。口を思い切り「え」の形に開いた怖い笑みのまま、ノーリーはわたしを見つめて固まった。

　わたしはゆっくりとノーリーに向かって歩いていった。

「ごめん」

　そう声を出すまでどのくらいかかっただろう。なにがごめんなのかはまったくわからなかった。

　ノーリーから怖い笑みは消え、見慣れたにやにや笑いになっていた。

「えーと、あのね」

　壊れてしまったノーリーをどうすればいいのか、この場をどう収拾すればいいのか、それだけを考えた。とりあえず歌と踊りにはふれないことにした。

「こ、このあいだはうまい棒ありがとう。ひさしぶりに食べたけどおいしかった」

　沈黙を埋めるためにそう言うと、ノーリーはベンチを指さした。レジ袋にうまい棒がいくつも入っている。ノーリーはわたしにひとつ渡すと、ベンチに座って食べはじめた。シャクシャクと咀嚼（そしゃく）する音は湿り気を帯び、フェードアウトしていく。

　わたしはノーリーの隣に座り、外袋を破り、シャクっと齧（かじ）りついた。わたしの咀嚼する音もフェードアウトしていく。

「あの、あのね」

言葉を持たないまま声を出した。ノーリーは伏し目がちのままだけど、聴覚をわたしに向けているのが感じられた。わたしは唾をのみ込んだ。なにか言わなくては。ノーリーを正気にさせることはできなくても、せめて落ち着かせ、安心させられるようなことを。

「大丈夫だよ」

ぽろっとこぼれるように言葉が出た。大丈夫だよ、なんて言うつもりはなかった。それなのに、その言葉はずっと前からわたしの喉もとに潜んでいて、来るべきときを待っていたかのように迷いなく飛び出した。

わたしが求めている言葉だと気づいた。大丈夫。誰かにそう言ってほしい。大丈夫、大丈夫、なるようになるよ、と安い笛の音のようにほがらかに、うまい棒を食べるように気軽に。

「大丈夫だって。なにも心配することないよ。なるようになるから。大丈夫、大丈夫。たいしたことないって」

わたしは自分が欲しい言葉を紡いだ。

ノーリーは伏し目がちのまま首をかしげた。続きを促すしぐさに見えた。

「わたし、離婚したって言ったでしょ。そうしたら、なんにもなくなっちゃったの。っていうか、なんにもないことに気づいちゃったの。お金もないし、仕事もないし、夢みたいなものもないし、特技もないし。いちばんつらいのはお金がないことかなってなんとなく思ってたんだけど、ちがうってわかったの。やりたいことがひとつもないのがいちばんつらいんだなあ、って」

ノーリーは首のかたむきを徐々に大きくして、やっとわたしに顔を向けた。目線は微妙に下にそれている。

「わたし、近所のビストロでアルバイトしてたの、十日前から。自分ではちょっと自信があったの。ノーリーは知らないと思うけど、短大出てからファミレスで働いてたから。でも、クビになっちゃった。みんなで相談して、クビにすることにしたんだって。わたし、子供のときから得意なことはなかったし、人より優れたところもなかったけど、大人になるにつれて少しずつできることが増えていくんだろうと思ってた。でも、ちがうの。できることが減っていくみたい。ううん、そうじゃなくて、できると思っていたものが少しずつ消えていくの。どんどんできないことが増えて、どんどんだめになっていく気がするの」

ノーリーはわたしをのぞき込んでいる。にやついてはいないけど、真顔ともいえない。あひるのようにくちびるを結び、表情が歪まないように耐えているようだった。ノーリーが泣く。そう思ったとき、

「大丈夫、なのだ」

ノーリーのくちびるがふっとゆるみ、笑みが表れた。

「そうだよ。大丈夫だよ」

わたしはうなずいた。

「澪子は、大丈夫なのだ」

「えっ、わたし？」

「クビなんて、よくあることだ。僕もすごくいっぱい、クビになったのだ」

やっぱりね、と思いかけ、激しい驚きがそれを砕いた。

「ノーリー働いたことあるの!?」

ノーリーは自分の手もとに目を落とした。小さなつぶやきとともに、指を折りながら数えている。「あとは忘れたのだ」と言ったときは九本の指が折れていた。

「ノーリー働いてたの？」

わたしが繰り返すと、ノーリーは両手をわたしの目の前に持ってきた。左手の小指だけが立っている。

「そんなに？」

「こんなに、クビになったのだ」

照れたようにもじもじする。

「なにしたの？」

「新聞配達は、起きれなかった」

どんな仕事をしたのか聞いたつもりなのに、クビになった理由を聞かれたと思ったらしい。

「印刷会社は重くて持てなかった。プリンタの工場はうまくできなかった。お弁当の工場は起きれなかった。自転車便は道に迷った。居酒屋はわからないが、来なくていいと言われた。コンビニは働く前にクビになった」

ノーリーは再び指を折りながら答えていき、「チラシ配りとティッシュ配りは、うまくできたのにクビになったのだ」と小鼻を膨らませた。

「だから、澪子は大丈夫なのだ」

笑みを浮かべて小刻みにうなずく。

「だから、泣かなくていいのだ」

ノーリーの眉が下がり、困った笑みになる。

「ハ、ハンカチがないのだ」

ノーリーの眉はますます下がる。

わたしは両手で涙を乱暴にぬぐった。手を離したら、外灯の橙（だいだい）色が視界に滲んだ。

「ノーリーなのにね」

本音がこぼれたら、笑いもこぼれた。わたしはレジ袋に手を入れて、指にふれたものを取り出した。豆大福だった。外袋を破り取る。あ、とノーリーが声を出したけど、無視してはむっとかぶりついた。そうだ、わたしは甘いものが食べたかったのだ。

「息するのがめんどくさいって泣いてたノーリーなのにね」

口中に広がる餡子の甘味が、吐くまで食べたい衝動を鎮めていく。

「わかったのだ」

「なにが？」

「子供のときは、わからなかった。だから、息するせいで疲れると思ったのだと思う。でも、わかったのだ。めんどくさいのとはちがうのだ」

「なんなの？」

「だるいのだ」

「は？」

「だるいのだよ」

ノーリーは前を見据えて堂々と言いきった。

「息を吸っても吸わなくても、だるいものはだるいのだよ」

はっ、と力の抜ける音がわたしから漏れた。

ああ、そうか、なんだ、だるいのか、じゃあしょうがないか、と奇妙なおかしみを味わいながら、ノーリーの主張をすんなり受け入れる自分がいた。

「よく四十七年も生きてこれたね」

「どういうことだ？」

「だから、そんなにだるいのによく生きていられるね。嫌にならない？」

「なんでだ？」

「ううん、別に」と、わたしはこれ以上の会話を放棄した。

とりあえずノーリーはおかしいことはおかしいけど、昔のままのノーリーで、深刻な事態に陥ってはいないようだ。さっきの歌と踊りが気になるけど、ふれないほうがいい気がした。それに、あれは歌と踊りなんかじゃなく、ただの体操だったかもしれないし。無理やりそう結論づけた。

公園から家まで一緒に帰った。そのあいだ、わたしたちはひとことも言葉を交わさなかった。

アルバイトを辞めたことを、しかもクビになったことを、母に知られるのは絶対に嫌だった。ノーリーには口止めをしたし、そもそもノーリーがすすんで母に告げるはずもない。ただ、香波さんはちがう。香波さんの口は壊れた蓋のようにぱたぱたする。だから、香波さんにも隠すことにした。

アルバイトをクビになったというのに、わたしは夕方に家を出て、夜帰ってくる生活を続けた。家を出ると図書館に直行し、閉館になったら駅前のファストフードで二、三時間粘り、お尻が痛くなるとショッピングセンターに移動して時間を潰した。

その夜もショッピングセンターの食料品売り場をぶらぶらした。買う気のないりんごを手に取ったとき、BGMが勢いよく耳に流れ込んできた。しんせんしんせん、みんなでたべれば、しあわせしあわせ。にぎにぎしいのに、客の少ない夜だと旨味を搾り取ったかすのようにすかすかと聞こえる。

公園で歌い踊っていたノーリーを思い出し、「歌い踊っていた」を「体操していた」に急いで変換した。結局、あの奇天烈な動きはなんだったのかは不明のままだ。

十時を過ぎた。そろそろ家に帰ってもいいころだ。

メロンパンを買ってレジを抜けたら、母を見つけた。このあいだと同じベンチに、このあいだと同じように腰かけている。リュックを膝にのせて、ちょこんと頼りなく。行く当てのないお婆ちゃんが途方に暮れているように。

声をかけようか、と一歩踏み出したとき、母が手を振った。わたしにじゃなく、ベンチの前の中華料理店から出てきた男に向かって。

　会計を済ませたらしい男に、母は「ごちそうさまね！」と元気よく、けれどたいしてありがたそうでもなく声をかけた。

「いやいや、たいしたもんじゃなくて」

「そだね。餃子、ちょっと油っぽかったもね」

「油っぽかった？　ごめんね」

「シンちゃんがつくったわけじゃないっしょ！」母は笑った。「でも、いまは冷凍餃子もばかにできないからね。セールのときなんか十二個入りのが百五十円で買えるから、えーと、いま食べたのが六個で四百円でしょ。なんと！　味は変わんないのに冷凍餃子の五倍もするんでしょや！」

　あっけらかんと言い放つ母に、店の人に聞こえるのではないかとどきどきした。

「時間はどう？」

　男の問いに、母は腕時計を見た。

「あと一時間くらいかな」

「じゃあお茶でも飲みに行く？　それともカラオケに行く？」

「疲れたからお茶にしようかな」

ふたりは並んで歩きだし、わたしは慌ててレジの陰に隠れた。

これがアフターというやつだろうか。カラオケ喫茶にも、というか七十二歳でもアフターや同伴があるのだろうか。

母と男が、わたしの前を歩いていく。男は若くはない。けれど、母と比べると相当若い。おそらく五十代だろう。グレーのスーツを着てまっとうそうに見えるけど、こんな時間に七十二歳の女といるのだからまっとうであるはずがない。

母が帰ってきたのは、わたしが帰宅した一時間後だった。

階下から伝わる乱暴な物音で、ドアを開けた、閉めた、風呂に行った、風呂から上がった、トイレに行った、と行動が見えた。わたしは自室で無料のアルバイト情報誌を読みながら、母がたてる音を聞いていた。情報誌のなかにはたくさんの仕事があった。〈年齢不問〉〈未経験者歓迎〉という文字が散らばっている。それでも、このなかにわたしにできる仕事があるとは思えなかった。

――大丈夫なのだ。

ノーリーの言葉を頭に上らせる。

――澪子は、大丈夫なのだ。

ノーリーなんかの言葉にすがる日が来るなんて思ってもみなかった。わたしもノーリーに救われたことになるのかもしれない。

わたしはまだだめじゃないのだろうか、と考えた。

答えは出ない。

母が寝室に入った。午前一時三分。

3

六月に入ってすぐ、男が訪ねてきた。

いつもなら誰か来ても居留守を使うのに、ちょうど買い物から帰ってきたタイミングとぶつかった。

「ここのお嬢さんですか？」

玄関を開けたわたしの背後から声がかかった。

振り返ったら、「あ」と声が出た。

母と一緒にいた男だ。ショッピングセンターの中華料理店でごちそうしたにもかかわらず母に文句を言われていた、たしか「シンちゃん」。

「失礼ですが、和子（かずこ）さんのお嬢さんではないですか？」

丁寧な物腰と、清潔そうな白いシャツに紺のパンツ。ぱっと見はまっとうそうだ。とても七十二歳の女とアフターをするようには見えない。

「母ならいませんけど」

「どちらですか？」

「仕事だと思いますけど」

「そうじゃなくて、あなたはどちらですか？　きかないほう？　暗いほう？」

「はい？」

「あ、暗いほうか。妹さんのほうですね」

友好的な笑みをたたえているから、言葉の棘に気づくまでに時間差があった。

「今日はお話があって来ました」

そう言って、男はずいっと一歩踏み出した。体が大きいから威圧感がある。それによく見ると目が笑っていない気がする。

「だから、母ならいません」

「和子さんではなく、あなたたちにお話があります」

「あなたたち、って？」

男はもう一歩ずいっと近づき、わたしは男に押されるように後ろ向きのまま玄関に入った。

「香波さん！　香波さん！」

恐怖を感じて助けを呼んだ。

階段を下りてくる足音と、「アイス買ってきたー？」とのん気な声がして、Tシャツとジャージの香波さんが首の後ろを掻きながら現れた。

「あれ、どちら様ですか？」

「和子さんのことでお話があって来ました」

男は慇懃に繰り返す。

「母のこと？」

「そうです」

いつのまにか男は玄関に入っている。

「っていうか、だから、どちら様ですか？」

男は大門亘と名乗った。大門亘のどこがどうして「シンちゃん」になるのだろう。

「母とはどういう関係ですか？」

香波さんの問いに、男は「どういう……って、お世話になっているというか……」と言い淀んだ。

香波さんの顔つきが鋭くなる。

「言っとくけど、うち、リフォームする気はまったくないから。アスベスト診断も白アリ駆除も必要ないから」

まるで自分の家のように言う。

「布団もいらないし、健康食品もいらない。なにもかも結構ですからお帰りください」

「いえ、そういうお話ではなくて」

「ひとり暮らしの高齢者の名簿が出まわってるんでしょう？　これ以上しつこくしたら警察呼ぶからね」

「和子さん、死にますよ」

男はひと息に言った。

奇妙な沈黙が漂うなか、竿竹（さおだけ）売りの間延びした声が聞こえてきた。

男の言葉をどう捉えていいのかわからなかった。言葉自体はものすごく深刻だ。母は病気で余命宣告をされたのだろうか、とも考えた。けれど、得体の知れない男から放たれたことで胡散（うさん）くささが勝り、現実味がなかった。

「このままだと和子さん、死んでしまいます」

男が言い直すと、わずかに現実味が宿った。

「どういうことですか？」

香波さんの口調が改まる。

「和子さん、いまどこにいると思いますか？」

「仕事でしょ」

男はゆっくり首を振る。

「ちがいます。わたしの会社の事務所です」

「はあ？」

香波さんはすっとんきょうな声を出した。

「和子さん、仕事なんてしてませんよ」

「なに言ってんのよ。母はお店をやってるんです」

「カラオケ喫茶ならもうやめましたよ」

「嘘」とわたしは声に出していた。

「嘘じゃありません。七十歳になったときに店を閉めたんです」

「だってお母さん、毎日お店に通ってるわよ。午前中に家を出て、夜遅く帰ってくるもの。ねえ？」

同意を求められ、わたしはうなずいた。

「だから、このままだと死んでしまうと言っているんです」

男は説得する口調で言った。

朝に出かけ、夜に帰ってくる母がそのあいだなにをしているかというと、ただ時間を潰しているのだと男は言った。彼が営む会社を中心に、友人知人の家、デパートや地下街、地区センター、ファミリーレストランなどをまわる毎日を、もう二ヵ月近く続けているという。

「昼はまだいいですけど、夜は行くところがないから、ファミレスとか、ひどいときなんてスーパーや公園のベンチに何時間も座ってることもあるんですよ」

ショッピングセンターのベンチに腰かけていた母を思い出した。リュックを膝にのせて、ぼうっと前を向いていた。あの母なのに、弱々しく見えた。あのときも、ただ時間を潰していたというのだろうか。

「若く見えるけど、歳も歳だし、もう体力の限界だと思うんですよ。このままだと倒れてしまいます」

「二ヵ月近くってもしかして、わたしたちが帰ってきてから？」

香波さんの問いに、男は深くうなずいた。

「なんで？　なんで仕事してるふりしなきゃいけないわけ？　わたしたちに見栄張る必要なんかないでしょ」

「見栄ではないですよ」

「じゃあ、なんでよ」

「自分がいると娘たちが嫌だろうから、って」

どんっ、と胸に衝撃を感じた。息ができなくなる。

――みんなお母さんが嫌で出ていったんだよ。

耳奥で響くのは、わたしがかつて放った言葉だ。

香波さんが笑いだした。

「なーによ、それ。なんでそんな大嘘つくわけ？　お母さんがいて嫌なわけないでしょ」

「嘘ではありません」

「嘘に決まってるね。あんた、なに企んでるのよ」

「なにも企んでいません」

「だいたいお母さんとどういう関係なのよ。お世話になってる、って、うちのお母さんが誰かの世話をするわけないでしょ」

「では、いいんですね？　娘さんたちは嫌がっていない、と和子さんに伝えますよ。いま、携帯に電話してほんとうに伝えますからね」

男は携帯を取り出した。

「うちのお母さん、携帯なんて持ってませんけど」

鼻で笑った香波さんに、男は勝ち誇った笑みを向けた。

「おや、知らないんですか。和子さん、携帯持ってますよ。家族なのにそんなこともご存じないんですね」

男に余裕があったのはそこまでだった。

男の携帯から、母の怒鳴り声がはっきり聞こえた。「なに勝手なことしてんのさ！」「そういうのをありがた迷惑っていうんでしょや！　全然ありがたくないし！」「だからあんたは空気読めないって言われるんだよ！」

男は「すみません」「いや、でも」「はい」と弱々しく答えながら、携帯を耳にあてたまま後じさりで出ていった。

「なんなのよ、あいつ。澪子、早く鍵かけなさいよ」

香波さんは居間に入っていった。

「あの男の言ったことほんとかしら」

冷蔵庫に食材をしまうわたしの背後で香波さんが言った。

ほんとうだ、とわたしは確信していた。母はカラオケ喫茶をやめていた。朝から夜までただ時間を潰すために出かけていた。自分がいると娘たちが嫌だろうから、と。あの男の言葉でひとつあやまりがあるとしたら、「娘たち」ではなく「娘」だ。「澪子」だ。

「ほんとにカラオケ喫茶やめたのかしら」

香波さんのひとりごとのような口調が続く。

「朝から夜まで時間を潰すなんて信じられないんだけど。なんでわたしたちに教えてくれなかったのかしら」

わたしは食材をしまい終わっても振り向くことができず、冷蔵庫を開けたまま立ち尽くしていた。

「お母さんがいて、わたしたちが嫌がるわけないじゃないねえ」

香波さんはさっきも言った。お母さんがいて嫌なわけない、と。それは香波さんのほんとうの言葉なのだとわかった。

どうしてわたしは、みんな母が嫌で出ていったのだと思い込んでいたのだろう。自分がそうだから。自分が逃げたから。だから、みんなもそうだろうと、そうであってほしいと思ったのかもしれない。

わたしは完全に思い出していた。右上の町に行くとき、母に放った言葉を。けれど、香波さんには言えない。誰にも言えない。言えば、軽蔑されるだろう。

――みんなお母さんが嫌で出ていったんだよ。

清志を悪く言われて腹が立っていた。もう二度と会わないつもりだったから、これまでのうっぷんをぶちまけた。

――お母さんといると嫌な気持ちになる。

あのとき母はこうやって冷蔵庫に食材をしまっていた。わたしを見ずに、あははは！と笑った。そりゃあ悪かったね！　とおもしろがる声で言って、冷蔵庫をばたんと閉めた。

そのときを思い出しながら、わたしは冷蔵庫を閉めた。

ほんとうにそうだったのだろうか、といまはじめて考えついた。あのときの母の「わたしの趣味じゃないね！」という言葉。あれは、ほんとうに清志が高校中退で、田舎町の派遣社員であることに向けられていたのだろうか。そもそも、清志のことだったのだろうか。

わたしは動けなくなった。背後に「お母さんといると嫌な気持ちになる」と言った自分がいる気がしてどうしても振り返ることができなかった。

母はその夜、いつもより早い時間に帰ってきた。

香波さんは居間で待ち構えていたけど、わたしは二階の自室にいた。なにも聞かず、なにも知らずにいたかった。それでいて、ふたりがなにを話しているのか無性に気になった。

落ち着かなくて、ノーリーの部屋に行った。

きっと寝ているだろうと思ったら、やっぱりベッドに寝そべる影があった。けれど起きていたらしい、「ん？」と声が返ってきた。

わたしは散らかった部屋に入り、電気をつけた。

「んん？」

もぞもぞ動くさまは、まぶしさから逃げる虫のようだ。ノーリーは掛布団に足を巻きつけ、抱き枕みたいに抱えた。

「わたし、嫌なことしか見てなかった」

ノーリーが聞いているのかどうかわからなかったけど、どっちでもよかった。

「香波さんにも、あんたは昔から嫌なことばかりに目が行ってた、って言われたけど、そのとおりかもしれない。自分がしたことを都合よく忘れて、あんなことされたとかあんなこと言われたとか、嫌だったことしか覚えてなかった」

ごろんと半回転し、ノーリーがこっち向きになった。目をつぶり、くちびるをほころばせている。まるでおいしいものを食べる夢をみている子供のように。

「信じられない、のだ」

むにゃ、というようにつぶやく。

「そうだよね。ひどいよね」

「僕は、楽しいことしか、覚えてないのだ」

「嘘でしょ！　ノーリーに楽しいことな……」

言いかけて、慌てて口をつぐんだ。

ノーリーに楽しいことなんてあるの？　わたしはそう言おうとしたのだ。

「だから、澪子みたいな人は、信じられないのだよ」

目を閉じたまま口を最小限にしか動かさず、まるで寝言を言っているようだ。

わたしは、一緒に暮らしていたころのノーリーを思い出そうとした。ぺたりとうつぶせになったノーリー。息をするのが面倒だと泣いたノーリー。箸を持つのが面倒だからと超能力で食べようとしたノーリー。お腹が痛いとにやけ顔で仮病を使うノーリー。

「ノーリーが楽しかったことってなに？」

んー、とノーリーは照れた笑みになった。

「たいてい、楽しいのだ」

「えっ」

「たいてい楽しいのだよ、僕は。だから、澪子がかわいそうなのだ」

「だってノーリー、子供のころ、息をするのも箸を持つのも面倒だって言ってたよね。それなのに楽しいって感じるの？」

「面倒は終われば消えるのだよ。でも、楽しいは貯まるのだよ。つまり、面倒と楽しいは別腹なのだ」

「ちょっと意味わかんないけど」

面倒と楽しいは別腹？　ほんとうに意味がわからない。

「それにノーリー、こないだも生きてるのがだるい、って言ったよね」

「言ってないのだ」

珍しくきっぱりと否定した。

「言ったよ。夜の公園で」

わたしもきっぱりと言い返した。

「生きてるのがだるいとは言ってないのだ」

「じゃあ、なにがだるいの？」

「んー。体？」

「体？」

「体は常に動いてるから疲れるのだよ。だから、だるいのだ」

「いまも？」

「いまも心臓と肺と口と、あとはなんだ？　わからないが、動いてるのだ」

「じゃあ、いつもだるいっていうこと？」

ノーリーは、むん、とうなずく。

「だるいけど、楽しいの？」

また、むん、とうなずく。鼻の穴が少し膨らんでいる。

「……つまり、だるいと楽しいは別腹ってこと？」

むん、むん、と大きく二回うなずき、

「みんなはだるいことに気づいてないだけなのだ」

自信たっぷりにノーリーは言った。

「じゃあノーリーは、きれいな青空を見てどう思う？　気持ちいいって思う？　それともむかついたり、雨が降らないか心配したりする？」

そう聞いてから、昼夜逆転のノーリーが青空を見ることなんてないんじゃないか、と気がついた。

「僕のためにサンキュー、って思うのだ」

「はい？」

「僕のために青空でサンキュー、って」

本気で言っているのだろうか。それとも、ノーリーなりの渾身(こんしん)の冗談だろうか。笑えばいいのか、感心してみせればいいのかわからない。

「……でも」

ノーリーが言い淀む。

「でも？」

「曇りも好きだ」

「へ、へえ」

「雨もいい」

「じゃ、じゃあ、天気は置いといて、たとえばどんなときが楽しいの？　いちばん最近で楽しかったことは？」

「いま」

ノーリーは即答した。

「いまって……このいま？」

ノーリーはまたごろんと回転し、あっち向きになってからうなずいた。

いまのどこに楽しい要素があるのかわからない。

「いま、だるいけど楽しいの？」

確認すると、「うむ」と返ってきた。

「そっか」と言ったきり、なにも言えなくなった。おじゃましました、とわたしは電気を消して部屋を出た。

そっか、と心のなかで繰り返した。ノーリーはたいてい楽しいのか。楽しいことしか覚えてないのか。そう考えてみても、にわかに信じがたかった。でも、理解不能なノーリーだから、どんなこともあり得る気がした。もしそうだったら、ノーリーとわたしはまるでちがう世界を生きているのだろう。

わたしは足音を忍ばせて階段を下りた。母と香波さんがどんな話をしているのか、どうしても気になった。

あははははは！　と母の笑い声が聞こえた。香波さんの怒った声も聞こえたけど、なんて言ったのかは聞き取れない。「はいはい！」と言ったのは母だ。

「じゃあ明日からはわたしの好きなようにしますからね！　はいはい！　はいはい！　あーほんとうるさい！」

母が居間を出る気配がして、わたしは慌てて階段を上った。

明日からはわたしの好きなようにする——。

その意味を具体的に知らされたのは翌朝のことだった。

どんっ、どだんっ、という階下の乱暴な物音がわたしを起こした。どうやら母がいるらしい。

あと数分で九時になる。トイレに行きたいのに、下に母がいると思うとなかなか布団から出られなかった。ただでさえ気まずいのに、自分が投げつけた言葉を思い出したいま、どんな顔をして、どんなことを言えばいいのだろう。しばらく階下に行くタイミングを計っていたけど、尿意に追い立てられて布団を出た。

インターホンが鳴ったとき、わたしは便座に座っていた。

「おっはよー」「ひさしぶりー」「いやあ、なつかしいなあ」「二ヵ月ぶりかい？」競うようにしゃべる三、四人の声と、「おはよう！」と返す母の声。わたしは便座に座ったまま気配を消した。

しばらくしてトイレを出ると、玄関には見慣れない靴が、男物と女物それぞれ二足ずつあった。居間からどはっと弾けるような笑い声が聞こえた。「それはないんでないのー」と男の声と手を叩く音。にぎやかだ。笑い声と話し声が絶えない。昨日までのこの時間、わたしがひとりでもさもさとパンを食べていた場所とは思えない。この人たちはなんなのだろう。これはなんの集まりなのだろう。

二階に戻っても、足もとから笑い声が響いてくる。ノックもなしにドアが開き、「ちょっとうるさいんだけど」と寝起きの香波さんが言った。

「お客さんが来てるみたい」

「こんな朝っぱらから？」

そろそろ十時になる。

「いつまでいるのよ」

「わかんないけど」

「下に行けないじゃない」

わたしに言われても困る。返事をせずにいると、香波さんは無言で出ていった。

二十分後、再び現れた香波さんは化粧をし、髪を整え、カットソーとデニムパンツに着替えていた。「行くわよ」と、わたしを引き連れて階段を下りる。

居間のドアを開けた香波さんは、「おはようございますぅ」と愛想のいい声を出した。

真っ赤なソファに、四人の年寄りがいる。たったいままで盛り上がっていたのだろう、笑顔が残った顔をこっちに向けた。

「これ、うちの出戻り姉妹」

台所から母が言うと、なにがおかしいのか年寄りたちはどはっと笑い、「おじゃましてまーす」「おはよう」などと返してきた。

食卓には大皿に盛ったポテトサラダがあり、コーヒーメーカーがこぽこぽと湯気をあげている。CDプレイヤーからは美空(みそら)ひばり。よく見ると、台所で卵を茹でている母のお尻が、美空ひばりに合わせて揺れている。

「皆さん、楽しそう。なんの集まりですか？」

にこにこと香波さんが訊ねる。家族には見せたことのない、デパートの美容部員みたいな笑顔だ。

「別になんのってことはないけど」

「いつものサロンだね」

「そうそう、おしゃべりサロン」

「復活してよかったよ」

「お嬢さんたちも混じるかい？　なーんて」

どはっ、と四人同時に笑う。

「コーヒー飲む人！」

母の声に、「はい！」と四人の手が上がった。

「あ、わたしもコーヒーもらおうかしら」

香波さんが台所に向かった。

「百円」

母が片手を出す。

「え？」

「コーヒー一杯百円」

平然と言う。

香波さんは母からわたしに、わたしから来客へと視線を移した。冗談なのか本気なのか判断できずにいるらしい。

「ポテトサラダも百円だから」ソファの年寄りから声がかかる。「ゆで玉子も百円」

「いまお金持ってないんだけど」

香波さんが母に言う。

「お金ないとだめだね。ここ現金システムだから」

そう言って、母は背を向けた。

香波さんは問いただすようにわたしを見たけど、わたしが答えられることなんてひとつもない。ただ、明日からはわたしの好きなようにしますからね！　と言った意味はこれだったのかと悟った。

「コーヒー百円ってぼったくりでしょ」

ショッピングセンターのコーヒーショップで香波さんが言った。

平日の午前、客は三分の一ほどで、年輩者と子連れの主婦が目立つ。

「普通、子供からお金取る？　っていうか、お客さんから取る？」

「どっちからも取らないと思うけど」

「まあ、お母さんらしいといえばお母さんらしいけどね」

文句を言ったくせに、香波さんは結局、母の行動をそういう人だからと肯定的に受け入れる。

すぐそこのベンチにひとりで座っていた母を思い出した。出戻ってきたわたしに嫌な思いをさせないために、母は一日中外で時間を潰していた。あのとき、えらそうな母が小さく弱々しく見えたのは、疲れきっていたからだろう。

「わたしが戻ってきて、お母さんは迷惑なのかな」

「しょうがないじゃない」

香波さんは即答した。そんなことない、と否定してほしかったのに。

「やっぱり迷惑なのかな」

香波さんは答えない。ほとんど飲んでいないコーヒーに片手を添え、わたしの背後にぼんやりと視線を投げている。

「問題はお金よね」

ぼんやりしたままつぶやいた。

いま、わたしたちは香波さんのバッグや洋服を売ったお金でしのいでいる。香波さんのお金で食べているから、ますます頭が上がらない。

「あんたはいいわよね。健康だもの。働けるじゃない」

わたしに目の焦点を合わせて香波さんが不機嫌そうに言う。

「それなのになんで働かないわけ？　バイトをクビになったくらいで、なんでいつまでもうじうじしてるわけ？」

アルバイトを辞めたことがばれたのは、駅前のファストフードにいるところを見つかったからだった。

香波さんのほうがよっぽどいい。そう言い返したかった。香波さんは病気が治れば、やりたい仕事ができるし、好きなように生きられる。これで終わったわけじゃなく、この先がまだある。パニック障害が治るのを待てばいいだけじゃないか。

やりたいことができないのと、やりたいことがないのとは、どちらがつらいのだろう。やりたいことができないのはエネルギーに変えられるけど、やりたいことがないのはなにも生み出せないんじゃないか。

「なにもしないで、なんのために生きてるわけ？　まったく理解できないんですけど」

香波さんの一方的な糾弾に、反発する気持ちが角を出した。わたしは息を吸い込み、口を開いた。なのに、吐き出す言葉がない。

「……って、そういえば聞いたなあ。ノーリーにも」

「え？」

「あんたは歳が離れてるからいいけど、わたしはノーリーとひとつしかちがわないから、ほんといらいらすることばっかりだったなあ。中学のときなんて、あの人、屍（しかばね）ってあだ名だったんだからね」

自分の言葉に香波さんは笑った。

「わたし、ほんとに不思議だったのよね。ノーリーはなんのために生きてるんだろう、って。だから、聞いてみたの。そうしたら、楽しむためなのだ、ってさらっと答えて。楽しいの？って聞いたら、楽しいのだ、って。あのときはほんっとびっくりしたわ」

「それいつ？」

「中学生のとき」

——たいてい楽しいのだよ、僕は。

そう言ったのは昨日のノーリーだ。

ノーリーは変わっていない。そう思うとき、わたしはノーリーを見下していた。けれどいま、同じ言葉をまったくちがう心で噛みしめている自分がいる。

「香波さんはどう思うの？」

「なにが？」

「青空。気持ちいいって思うの？　それともむかつくの？　心配には……ならないよね」

「だいたいむかつくわね」

「ああ」

なんとなく予想はしていた。

「みんな楽しんでるんだろうなあ、って思うとむかつくじゃない。行楽日和って言葉も大嫌い。こっちは休みなく仕事してんのに、なにのほほんと行楽してんのよ、って。特にゴールデンウイークは大雨になれって呪うわね」

「じゃあ香波さんだって損してるじゃない」

香波さんは眉間にしわを刻み、視線を鋭くした。

「あんたと一緒にしないでよ。わたしはそういう怒りをエネルギーにして生きてきたんだから」

そう言うと、ため息をついて沈黙をつくった。やがて、自嘲ぎみの笑みが口もとに表れた。

「でも、なにもしなくても楽しめるノーリーがうらやましい、っていまはちょっとだけ、ほんのちょっとだけ思ったりもするわ」

けどね、と口調を変える。

「問題はお金よね」

ふりだしに戻った。

「ノーリーみたいにお母さんには頼れないしね」

「そういえば、ノーリー東京で働いてたんだって。香波さん、知ってた？」

「嘘でしょ？」

「印刷会社とか工場とか居酒屋とか。ノーリーが言ってた」

嘘でしょ、と香波さんは繰り返し、「あのノーリーがねえ」と言った。

わたしだって働く気はある。ノーリーでさえ次々にクビになりはしたけど働いていたのだ。わたしだってできる気がする。そう思って求人情報をチェックしてはいる。やりたいこともできることもないけど、でも、できれば、やりたいことやできることをしたい。そうも思う。

「わたしは、香波さんみたいにできることはないけど」

「まあね」

「でも、なにかできることはないかなあ、って考えて、それを仕事にできればいいなあ、って考えて。そうしたら、まあまあできるのは料理くらいかなあ、って」

香波さんは推し測るような目でわたしを見つめている。わたしはその目を見つめ返した。

「あのさ」と、香波さんは思い切ったように口を開いた。

「はっきり言ったほうがいいと思うから言うけど、あんたのつくる料理そんなにおいしくないわよ」

「おいしくない？」

おそるおそる確認すると、香波さんは躊躇なくうなずいた。

「まずくはないけど、おいしくもないわよ。普通……ううん、はっきり言うわね、普通以下だと思う。一生懸命つくってるのはわかるけど。お母さんも料理は得意じゃないし、わたしもだめだし、残念だけど家系だと思うわ」

そう言って、気まずそうに目をそらした。

わたしは自分の愚かさに呆れていた。右上の町にいたときに、自分でも思っていたことじゃないか。手をかければかけるほどおいしくなっていく、と。あれは錯覚でも気にしすぎでもなかったのか。頭のなかで、〈料理〉にバッテンがつけられた。

普通以下。香波さんにそう告げられてから、自分のつくるものをまずく感じるようになってしまった。クリームシチューも豚汁もいつのまにか食べ尽くされていたからおいしいのかと思ったけど、あれはほかに食べるものがなかっただけだったのか。

わたしはカレーを味見した。普通、だと思う。市販のルーを使い、箱に記載されているとおりのつくり方をした。隠し味はいっさい入れていない。たしかに入れないほうがましな気がする。

居間に入ってきた香波さんが、「カレーか」と無感情につぶやいた。

「隠し味は入れてないから」

慌てて言った。

香波さんはソファに座ってテレビをつけた。やけに真剣に観ていると思ったら、ゆめ乃のコーナーがある日だった。

母が仕事に行くふりをやめたからといって、一家団欒がはじまったわけではなかった。相変わらず、みんなばらばらに暮らしている。変わったことといえば、三、四日に一度の割合でおしゃべりサロンが開かれるようになったことだ。売れ残ったポテトサラダやマカロニサラダが冷蔵庫に入っているようになり、パンと卵が常備されるようになった。

「なーにが癒しのパワーを感じるよ。嘘ばっかり。ハワイアンジュエリーって、ここ北国ですから」「っていうか、また太ったんじゃない？　食べてばっかりだからよ」「つまんないコメント。ボキャブラリーが少ないわねえ」

〈ゆめ乃の幸せいっぱい女子旅〉のあいだじゅう、香波さんは文句を垂れ流した。

「あーあ。くっだらなかった」

そう言って立ち上がる。

「香波さん、カレー食べるでしょ」

「いらない。わたし、これから友達とごはん食べる約束してるから」

「え」

「なによ」

「ううん、別に」

香波さんにごはんを食べる友達がいることに、わたしは驚いていた。こんなきつい性格の人と一緒に食事をしようとする精神が謎だ。ついこのあいだ、やりたい放題の母に何人もの友達がいることに驚いたばかりなのに。

香波さんが出かけると、ぽつーん、と頭のなかで音が鳴った。六時を過ぎたばかりで、外はまだ明るい。母はおしゃべりサロンの仲間と出かけたきりだし、ノーリーは相変わらず存在を消している。

ひとりだ、と突然、強烈に感じた。急に人恋しくなり、ノーリーを起こそうと思いついた。居間を出たら、そこにノーリーがいて「わ」と声が出た。ノーリーはわたしに気づくと、口を小さく「お」の形にする。

「どうしたの？　早いね。トイレ？」

「トイレじゃない、のだ」

そう答え、ひとりでむふと笑う。

「ねえ、カレー食べない？　いまつくったの」

「カレーは好きだ」

「よかった。一緒に食べようよ」

「でも、出かけるのだ」

「コンビニでしょ。いいよ、待ってるから。それとも一緒に行く？」

「コンビニじゃないのだ」

「どこ？」

「友達と約束してるのだよ」

「嘘でしょ！　ノーリーに友達なんているわけないよ」

思わず言ってから、あ、ごめん、とあやまるわたしを、ノーリーは不思議そうな顔で見た。

ぽっつーん。ノーリーが出ていった瞬間、さっきよりも大きな音が頭で鳴った。わたしはしばらくのあいだ玄関に突っ立って、ドアを見つめていた。ふいに居ても立ってもいられなくなり、ドアを開けて飛び出した。置いてかないで。そんな気持ちでノーリーを追いかけようとしたら、家の前にすーっと車が停まった。

このあいだの男だ。大門亘。シンちゃん。運転席から降りた大門は、わたしに気づいて感じのいい笑顔で会釈をする。条件反射で会釈を返しながら、そういえばこの男と母の関係をまだ知らないことに気づいた。

大門にエスコートされ、助手席から降りた母は「サンキュー！　ありがとね！」と手を振った。手を振り返す大門の満面の笑みを見た瞬間、胸騒ぎがした。

「カレーか」

居間に入った母は、香波さんと同じことをつぶやいた。

「わたしはごはん食べてきたからいらないよ」

すすめてもいないのに断ると、真っ赤なソファにどっかと座り、テレビのリモコンを手にした。

「あのね、お母さん。あの人、誰？　いきなりうちに来たり、いまも送ってくれたり、親しいの？」

「なんかわたしのこと好きみたいだよ」

「嘘でしょ！」

「なにさ、急に大声出して。びっくりするしょや」

母が非難の目を向ける。

わたしは自分の早とちりに気づいて「ごめん」と答えた。今日は驚くことばかりで、思考回路が短くなっているらしい。大門が母を好きなのは当然のことだ。だから、母の体を心配したり、車で送り届けてくれたりするのだろう。嫌いな人にわざわざそんなことはしない。

「お母さんのこと心配してくれてるんだね」

「結婚したいって言ってるけどね」

「嘘でしょ！」

「だからなにさ、さっきから」

「結婚って、誰と誰が？あ、ああ、そうか。なんだ。あの人の結婚の相談にのってるってことだよね？」

「シンちゃんはわたしと結婚したいんだってさ」

今度は言葉も出なかった。

テレビ画面には録画したらしい韓流ドラマが映し出された。妙に重々しいオープニングソングが流れ、母が早送りする。

「ちょ、ちょっと待って」とやっと声が出たのは、早送りが終わったときだった。

「なにさ。いまから楽しみにしてるドラマ観るんだから邪魔しないでよ」

「あの人、何歳？」

「シンちゃんかい？　五十五って言ってたかなあ」

「なにしてる人？」

「自分で不動産会社やってるよ」

不動産会社——。胸騒ぎが鼓動に合わせて脈打ちはじめる。

「まさかこの家の権利書渡したり、名義変えたりしてないよね？　通帳とか年金手帳を預けたりもしてないよね？」

母は再生を一時停止してから、眉間にしわを寄せてわたしを見た。

「なんでそんなこと聞くのさ」

「ただちょっと聞いてみただけ」

「したくなったらするけどね」

「え？　するってなにを？」

「結婚も、この家も、通帳も、年金も、わたしの好きにするけどね」

「本気じゃないよね？」と聞いたけど、母が本気じゃないことを口にしたことは一度もなかったのではないかと思ってもいた。

「家もお金もなくなったらどうするの」

「わたしの人生だもん。わたしの好きなようにするよ」

「ノーリーは？　ノーリーはどうなるの？」

わたしはずるくもノーリーを楯にした。

「ノーリーなら大丈夫。生きていけるっしょ」

「生きていけるわけないでしょ。住むところも生活費もなくなるんだよ。ずっとお母さんがお金あげてるんだよね？」

「まっさかー。東京に行ってから一度もあげたことないよ。いまだって家賃もらってるし。たった一万円だけど」

家賃。母の次の言葉は想像できた。

「あんたたちからは一銭ももらってないけどね」

母はリモコンをテレビに向けた。韓流ドラマがはじまると、わたしの存在を忘れたようにすぐにドラマに没頭した。

大門と母がどういう関係なのか、大門の目的はなんなのか、結局わからなかった。確かめないと、ほんとうに家やお金を失ってしまうかもしれない。

悶々としながら階段を上がったところで、母と普通に話せたことに気づいた。

母から聞かされた衝撃の言葉が、わたしのなかから気まずさもわだかまりも吹き飛ばした。

口もとに笑みが浮かぶ。苦笑いとほほえみのあいだくらいだ。

今日は驚くことばかりだった。いや、今日だけじゃなく、実家に帰ってから驚き続けている。

ふと思い立ち、わたしはノーリーの部屋のドアを開けた。以前見たときと変わらず散らかっている。こたつテーブルの上のノートパソコンの画面は暗く、スリープランプが点灯している。ノーリーはなにを見ているのだろう。キーボードを押すと電源が入り、動画サイトが現れた。

〈マッシュルームキック〉で検索したらしく、動画リストが並んでいる。どの動画も三人組の女の子。赤、黄、青の衣装を身につけ、腕と足を露出している彼女たちはアイドルだろう。

いちばん上の動画をクリックしてみた。赤、黄、青の女の子たちがステージ袖から駆けてきて、「マッシュルームキックです。盛り上がっていきましょう」と声をそろえ、音楽が鳴りだした。素人が撮ったのだろう、画質も音声も悪いけど、それを差し引いても歌もダンスも素人レベルだ。あ、いままちがえた。またまちがえた。今度はこっちの子がまちがえた、とわたしでもわかるくらいだ。ステージは、どこかのホームセンターの駐車場に設置されているらしい。ご当地アイドルとか地下アイドルとかいうやつだろうか。

曲が変わった。たどたどしい歌とダンスになぜか既視感を覚えた。ヘイ、ヘイ、ヘイ、へーイッ、と片手を突き上げてジャンプする。腰に手をあて前に進み、すぐにまた元の位置へ戻る。ノーリーだ、とつながった。深夜の公園で、ひとり奇声をあげながら奇妙な体操をしていたノーリー。あれはこれだったんだ。

ノーリーとアイドルが結びつかない。ノーリーはアイドルが好きなのだろうか。オタクというやつなのだろうか。

四十七歳、無職でひきこもりのアイドルオタク、と文章にしたらどんな感想を持てばいいのかわからなくなった。でも、ノーリーは母からお金をもらっていなかった。それどころか、いまは家賃を入れている。この家やお金がなくなって、いちばん途方に暮れるのはわたしなのだ。どうしてだろう、家族でいちばん計画的に生きてきたのに。

大門不動産は、すすきのの南のはずれにあった。

古い雑居ビルの一階で、窓には何枚もの間取図が貼られ、昔ながらの不動産屋の雰囲気だ。スナックや風俗店の看板が並ぶ小路はいかがわしさをにおわせているけど、まだ明るいこの時刻は人の息づかいがしない。

大門不動産は、香波さんがすぐに特定した。ホームページによると、大門亘が取締役社長らしい。

ドアの前で香波さんが振り返り、わたしとノーリーに鋭い視線を向ける。言葉はなくても、いいわね、と威圧的な目が言っていた。ノーリーは眠そうで、なぜここにいるのかわかっていないだろう。こういうのは数が大事なの、たとえノーリーでも男がいるってだけでちがうのよ、という理由で香波さんがたたき起こしたのだった。

香波さん、ノーリー、わたしという順番でなかに入った。

カウンターの向こうにデスクが三つあり、そのひとつに大門がいた。というか、いるのは彼ひとりだ。

「お話があるんですけど」

香波さんは早くもけんか腰だ。

あ、と慌てて立ち上がった彼はわたしたちひとりひとりに目をやってから「和子さんの……」と、もにゃもにゃつぶやいた。

「母とはどんな関係なんでしょうか」

香波さんはいきなり核心を突いた。

「どんな、って……ちょっとひとことで説明するのはむずかしいんですけど」

困惑と照れが入り混じった顔。これは詐欺師の演技だろうか。

「ひとことじゃなくてもいいですけど！」

仁王立ちで香波さんが言ったとき、ふわあっ、とノーリーが大あくびをし、空気が一瞬にしてゆるんだ。

「あの、ご長男ですよね。ひきこもりの」

大門が遠慮がちな口調で遠慮なく聞いてくる。

「こっちが質問してるんです！」

香波さんがゆるんだ空気を引き締めた。

「どんな魂胆で母に近づいてるんでしょうか。家ですか、年金ですか、貯金ですか、全部ですか。ひとり暮らしの老人だと思って近づいたんでしょうけどね、いまはわたしたちが一緒に暮らしてますからそう簡単にはいきませんからね。なんなら警察に行ったっていいんですよ」

「あの家、価値ないですよ」

大門がさらりと言う。

「まず建物自体の価値はゼロだし、地下鉄沿線じゃないし、ＪＲの駅からも微妙に遠いし、人気の地区じゃないですから。土地も狭いし、場所も奥まってますしね。わたしだったら、あの家を買うのはおすすめしませんね。ほかの建売を買ったほうがいいと思いますよ」

丁寧な口調で失礼なことを言う。この人は前にも、わたしのことを「暗いほう」、香波さんのことを「きかないほう」と呼んだ。そしてノーリーは「ひきこもり」だ。

「だからってタダってことはないでしょ！　少しは価値あるでしょ！」

「あ、すみません。そういう意味で言ったのではなく……」

香波さんはカウンターの椅子を手荒く引いてどっかと座り、「説明してもらうまで帰りませんから」と凄んだ。

「あ、どうぞどうぞおかけください。コーヒーと麦茶、どちらがよろしいですか？」

「どちらもいりません！」

「アイスコーヒーが飲みたいのだ」

香波さんがものすごい勢いでノーリーを睨みつけた。ノーリーは気づかずに眠そうな目をこすっている。

「あいにくアイスコーヒーはないんですが、缶コーヒーでもよければ」

「甘いやつがいいのだ」

はいはい、甘いやつですね、と大門が店を出ていくと、香波さんは大きくため息をついた。

「ノーリー、ちょっと黙っててくれる？」

「喉が、渇いたのだよ」

「あとでいくらでも飲ませてあげるから」

「甘いものが飲みたいのだよ。脳が疲れているのだな」

「ノーリーのどこに脳が疲れる要素があるのよ。いいから空気読んでよ」

「それなんです」

いきなり背後で嬉しそうな声がした。大門が飲み物を抱えて立っている。

「空気読め、とわたしもよく言われるんです。陰口を叩かれたり、嫌われることもありました。でも、自分のどこが空気が読めていないのか、自分ではまったくわからないんです」

「あなたの悩みを聞きに来たんじゃないんですけど」

香波さんが遮ると、「和子さんとは、社交ダンスクラブが一緒なんです」と大門が言った。

「社交ダンスって、母が？」

小さくてずんぐりした母がドレスを着てくるくる踊っている姿はまったく想像できない。

「わたし、一年ほど前、社交ダンスのクラブに入ったんです。学生のとき、ちょっとやっていたもので。最初のうちはみなさんに仲良くしてもらっていたんですが、そのうち、空気が読めない、失礼なことを言う、人をばかにしている、なんて言われてしまって。そうしたら、和子さんがみなさんに、空気は読むものじゃなく吸うものだ、って言ってくれて」

そこで言葉を切ったけど、どう反応していいかわからなかった。沈黙をたっぷり挟んだのち、痺れを切らした香波さんが「で？」と続きを促した。

「えっ」

大門が驚きの声をあげる。

「いい話じゃないですか？」

「なに言ってるのかわからない」

「いい話なのだ」

「ちょっとノーリー！」

「ですよね」

大門は嬉しそうに笑い、ノーリーは共犯者のようににやにやしている。

「それで素敵な人だな、って。和子さんと一緒にいると楽しいんですよね」

「ちょっと、ほんとになに言ってるのかわからないんですけど」

香波さんは額に手をあてて首を小刻みに振る。

あの、とわたしははじめて口を開いた。前から不思議に思っていて、でも聞くほどのことじゃないと退けていた疑問だった。

「どうして大門亘なのに、シンちゃんって呼ばれてるんですか？」

「新入りのシンちゃんです。社交ダンスクラブの新入りですから」

「そんなことどうでもいいのよ！　あなた、母に結婚したいって言ったそうね」

そうでしょ、と香波さんに念を押され、わたしはうなずいた。

大門の顔が真っ赤になる。

「どういうつもりよ」

「いやだなあ、和子さんったら。そんなことまでばらしたの」

まるで「和子さん」に語りかけているような甘えた声になった。

「それって結婚詐欺師の典型的な科白じゃない。やっぱり母をたぶらかそうとしてるんじゃないの？」

「まさか。ちがいます。ほんとに和子さんが好きなんです」

「あなただっていい歳なんだから家族がいるでしょう」

「いえ。わたしは和子さんと同じバツイチです。子供はいません」

「ちょっと待ってよ。あなた、五十五でしょう。母は七十二よ」

「若く見えますよね」

「そんなことはどうでもいいの！」

香波さんは思い切りキレてから、おそるおそる口を開いた。

「まさか、母と、つきあってるわけじゃないわよね？」

沈黙が漂うなか、ずずう、ずずう、とノーリーが缶コーヒーをすする音が響いた。

うーん、と唸った大門は、いきなり上半身をのり出した。

「どう思いますか？」

すがるようなまなざしだ。

「わたしたち、つきあってるように見えますか？」

「見えるわけないでしょ！」

「やっぱり……」

大門ははっきりと落ち込んだ。

「和子さん、わたしのことをどう思ってるんでしょう」

「知らないわよ」

「和子さんの気持ちがよくわからないんですよね」

「わたしたち子供でさえあの人の気持ちなんてわかんないんだから、あんたにわかるわけないでしょ」

「ですよね」

大門はしゅんとなる。

なんなのだ、これは。わたしは目の前で繰り広げられる会話に呆然としていた。好きとか嫌いとかつきあっているとかいないとか、そんなのは二十代までの、いや、せめて三十代までの話じゃないのか。五十五にもなって、しかも七十二の女を相手にこの男はいったいなにを言っているのだ。

「ほんとに家やお金が目的じゃないのね」

「もちろんです」と大門は大きくうなずき、「わたしはいつも和子さんにごちそうしていますが、和子さんがごちそうしてくれたことは一度もありませんから」と自慢げに続けた。妙に説得力があった。

茶飲み友達みたいなもんじゃない？　大門不動産を出ると、香波さんはそう結論づけ、「澪子はいちいち大げさなのよ」とわたしを責めた。

「だっておかしいでしょ、好きとか結婚したいとか。なにか目的があるに決まってるよ」

「だから好きなんでしょ、お母さんのことが。一緒にいて楽しいって言ってたじゃない。結婚っていうのは言葉のあやでしょ。本気のわけないじゃない」

「だって、好きだから、楽しいから、って理由だけで一緒にいる？」

香波さんはぽかんとした顔をわたしに向けた。

「じゃあ、ほかにどんな理由で一緒にいるのよ」

答えられなかった。どんな理由で一緒にいる——。頭のなかで繰り返した。

「あんたはちがったの？」

「え？」

「ほかに理由があって結婚したわけ？」

答えられないまま、地下鉄のすすきの駅に着いてしまった。

「わたし、このあと用事があるからノーリーをよろしくね」

香波さんの言葉に後ろを見た。

「あれ。ノーリーは？」

「あら。どこに行ったのかしら。っていうか、いつまで一緒にいたのかしら。でも、ノーリーも大人になったんだから、放っておいても大丈夫よ」

ノーリーなら大丈夫。母もそう言っていたのを思い出した。家やお金がなくなったとしても生きていける、と。大丈夫じゃないのはわたしだ。

香波さんと別れたわたしは、地下へ続く階段の前でしばらく突っ立っていた。ひとりで帰る気になれない。大門には口止めをしたけど、わたしたちが訪ねたことをさっそく母に告げ口したかもしれない。いま帰ったら、文句を言われるのはわたしだ。かといって行くところもない。

どんな理由で一緒にいる、というさっきの言葉が頭のなかに居座っている。

右上の町を思い出すとき、真っ先に浮かぶのは深夜のコンビニだ。清志とは十五年も一緒に暮らしたのに、結婚生活ではなく、離婚後のあの夜がいちばんの記憶になっていることが悲しい。好きだから楽しいから結婚した、と堂々と言えたら、たとえ人生設計が失敗に終わっても、心のどこかにはればれとした気持ちがあったかもしれない。

わたしはペンダントトップに手を伸ばした。えっ、と声が出た。

胸もとを見る。首まわりをさわる。ない。チェーンごとない。家を出るときはしていただろうか。部屋のどこかに置き忘れたのだろうか。だめだ、思い出せない。

わたしは来た道を戻った。

赤信号で立ち止まり、見落としていないか振り返った。ノーリーがいた。一階が居酒屋のビルに入っていくところだ。

呼び止めようとしてやめた。ノーリーはひょっとこのようにくちびるをすぼめていた。横顔から、むふふふ、と心のなかの笑い声が聞こえた。いまノーリーは楽しいんだとわかった。

ノーリーを追いかけてビルに入ると、階段を下りていく後ろ姿を見つけた。

地下には左右にふたつの店があった。

ノーリーが入ったのは右側だ。〈カフェ〉という文字を目が捉えたけど、わたしが知っているカフェではないとすぐに気づいた。〈カフェ〉の上に、ピンクの文字で〈メイド〉とある。

ドアにかけられた〈メイドカフェもゆるん〉という看板を見つめた。看板の下には、画用紙が貼られ、〈みく　るる　あいり　ふわりん　在籍してまーす♡〉と妙に丸まった文字で書いてある。

メイドカフェでイメージできるのは、メイド服と「ご主人様」という言葉だけだ。ノーリーはこのドアの向こうで、メイド服を着た女の子に「ご主人様」と甘えられ、にやついているのだろうか。

どう感じたらいいのだろう。勘弁してよと思えばいいのか、ノーリーだからしょうがないと思えばいいのか。ノーリーのことは昔から理解できない。ただ、はっきりとわかったのは、ノーリーの世界には楽しいことがあふれているということだ。

わたしの楽しいことはなんだろう。やりたいことはなんだろう。考えても、なにも浮かばない。もう一度、人生設計を組み立ててみようとしても、パーツになるものがひとつもない。

ビルを出て再び足もとを見つめながら歩いたら、大門不動産まで戻ってしまった。

事務所で落としたのかもしれない。少し迷ってからドアをゆっくり開けた。誰もいない。

「すみません」と声をかけても返事はない。この隙に、椅子の下を丁寧に探したけれど見つからない。もしかして大門が拾ったのかもしれないと考え、カウンターから身をのり出して彼のデスクを凝視した。パソコンが邪魔でよく見えない。見える位置まで少しずつ移動しているうちにカウンターのなかに入ってしまった。デスクには間取図が置いてあるだけで、ネックレスはない。

ドアの開く音に、ぎょっとして振り返った。キャリーケースを持った女が立っていた。黒くて長い髪が顔にかかり、白いワンピースを着ているせいで、どことなく幽霊を連想させた。女は無言で椅子に座り、上目づかいでわたしを見た。三十代だろう、白い肌は皮膚が薄そうで、頬骨が目立つ。

「探してくれましたか？」

「え？　なにを？」

「お願いした物件に決まってるじゃないですか」

「わ、わたし、この会社の者じゃないので」と言ったとき、「それ」と女に指をさされた。

女の人差し指はわたしを通り抜け、大門のデスクに向けられている。デスクの上の間取図には〈穂坂幸恵様〉と書かれた付箋が貼ってある。

「ほさか、さちえ様？」

つい読みあげてしまった。

「ゆきえです」

「あ、すいません」

手を伸ばす女に間取図を手渡した。

「おすすめはどこですか？」

「いえ、だからちがうんです」

大門はなにをしているのだろう。誰もいない不動産会社なんてあり得ないだろう。

「はじめてのひとり暮らし」

子猫をそっと抱きしめるように女はつぶやき、うふふ、とひそやかな笑みを漏らした。

女が見入っている間取図をのぞき込んだ。わたしの視線に気づき、女は顔を上げると「日当たり良好ですって」と笑いかけた。

女が見ている物件は、外階段のある木造アパートだった。若竹荘、二〇二号室。家賃は四万円。２ＬＤＫで、写真を見る限りかなり古そうだ。見たことのない旧式の給湯器と、低い流し台。昭和を感じさせると思ったら、築三十四年とあった。

「わあ。こっちは新しい。屋根裏部屋があって素敵」

トロイカＢ、二〇一号室。六畳に三畳のロフトがついている。でも、写真を見るとはしごの位置が中途半端なせいで使い勝手が悪そうだ。家賃は四万五千円。

「札幌って家賃が安いんですね。東京だとこんな家賃で借りられないです」

女はうっとりと言う。

やっぱり大門は詐欺師なんじゃないか。不安と怒りが湧いてきた。

「ちがう不動産会社に行ったほうがいいと思います」

「え、どうして？」

「もっといい物件があると思います。いえ、絶対にあります。こっちは古いし、こっちは狭いし、こんな物件しか紹介しないなんて最低です」

「でも、親切に相談にのってくれて、探しておいてくれる、って」

「それが悪徳業者の手口です」

「ひどい」

そう言ったのは、事務所の奥から現れた大門だった。う、と一瞬、喉が詰まったけど、わたしは思い切って口を開いた。

「ひどいのはそっちじゃないですか。もっといい物件ありますよね。わたしだって賃貸情報くらい見たことあるからわかります」

「それ、そんなに悪い物件ではありませんよ」

「そうは思いませんけど」

「ちがうんですちがうんです」

女が止めに入った。

「わたしのせいなんです。保証人がいないし、働いてないから保証会社の審査も通らないんです。それにお金がないし、明日から住みたいんです」

「保証人なし、敷金礼金なし、すすきのから徒歩二十分圏内で、しかもすぐ入居できるところとなると、どうしても限られてしまうんですよ。実家でのほほんと暮らしている人にはわからないかもしれませんが」

丁寧な口調だったから聞き流してしまうところだった。うっかりなのか、あえてなのか、大門の表情からは読み取れない。

「ちょうどよかった。ひまですよね？」

「わたしですか？」

「仕事もしないでだらだらしてるんですよね？」

大門は礼儀正しい笑みを浮かべている。空気が読めないとはこういうことかと理解した。

「ちょっとトラブルがあって抜けられなくなってしまって」

上のテナントが水漏れして、業者を呼んでいるところだと言う。

「それがなにか」

よろしくお願いします、と鍵を渡された。

若竹荘は、初夏にもかかわらずドアを開けるとひんやりとして黴（かび）臭かった。まだ初夏なのにもわっと暑くて息苦しかったトロイカBとは対照的だ。

「わあ、涼しい。これならエアコンがなくても平気ですね」

そう喜んだ穂坂幸恵は、まちがいなく北海道の冬を知らない。「次に行きましょう」と早々に部屋を出た。

大門がピックアップした物件は三件だった。わたしには、最後に内覧したニューオリエントがいちばんましに思えた。十階建ての七階で、間取りは六畳と二畳の台所、お風呂は昔ながらのユニットバスだ。窓の正面には高いビルがそびえているけど、角度をつければ豊平（とよひら）川が見える。大門も、ニューオリエントがいちばんおすすめだと言っていた。ただし築四十五年と古く、もともとホテルとして建てられたらしく換気扇と収納がなく、ドアは内側に開く。そして、隣と裏にラブホテルがある。

「どこがいいかなあ」

穂坂さんは嬉しそうに間取図を見比べている。

「ここペット可じゃないんですね。若竹荘とトロイカBはペット可だったのに」

「ペットを飼うんですか？」

「いつか猫を飼えたらなあって」

恥ずかしそうに言う。

「玉瀬さんは？　ペットを飼ってますか？」

思い出した。ネックレス。いますぐ探しに行きたい。でも、けさ東京から来たばかりという穂坂さんを放り出すわけにはいかない。無理やり押しつけた大門に、いまさらながら腹が立ってきた。

「どうですか？　どこにしますか？」

わたしはそわそわと聞いた。

穂坂さんは窓際に立ち、豊平川のほうを眺めている。

「ひとり暮らしなんて贅沢だなあ」

口もとに笑みを浮かべ、遠くを見る表情だ。

「贅沢、ですか？」

そんなにお金がないのだろうか。母と姉に頼っているいまのわたしでさえ、どの物件も贅沢とは感じなかった。

「わたしがいなくなって、お父さんとお母さん、生きていけるかなあ」

事情がわからず、はい？　と聞いた。マコのネックレスが気になって仕方ない。どこにするか早く決めてほしい。

「うち、お父さんもお母さんも働いてないんですよ。わたしが就職した途端、お父さん仕事辞めちゃって。だから、わたしがふたりを養ってたんです」

「で、でもほら、あれですよね。働く気はあっても仕事がなかなか見つからないこともあるっていうか……」

自分が責められた気がして自己弁護のつもりで言った。

「お父さん、働く気ないですから」

穂坂さんはさっぱりと笑う。

「うちの両親、怠け者なんですよ。しかも最近、ふたりで居酒屋に通うようになっちゃって。酔いつぶれて、よくお店から電話がかかってくるようになったんです。わたしに甘えてるんですよね。拒めないわたしもいけないんですけど……。このまま一緒にいると、親もわたしもどっちもだめになっちゃう気がして、思い切って札幌に来たんです。でも、こうやって知らない景色を見てると罪悪感が湧いてきちゃって。いろいろあったけど、けっこう幸せだったのかもしれないなあって」

「幸せだったんですか？」

わたしが聞くと、穂坂さんはまるで自分がしゃべったことに気づいていないように

「え?」ときょとんとした顔を向けた。

自制しないと他人の親を罵ってしまいそうで、「わたしなら幸せだったなんて思えないと思います」と言葉を選んだ。

穂坂さんはくちびるをゆるく結び、思案する顔で、うーん、と声を漏らした。

「たしかに腹が立ったり、憎んだりすることもありましたけど、そういうときは親が名前をつけてくれたときのことを想像してやり過ごすんです」

「名前、ですか?」

そう聞きながら、この人の下の名前はなんだったのか思い出そうとした。

「わたし、幸恵っていうんですけど」

穂坂さんのほうが早かった。

「幸せに恵まれる、で幸恵。親はわたしに幸せになってほしいと思ってくれたんだなあって。願いを込めて、幸恵ってつけてくれたんだなあって。ひねりがない名前ですけど。でも、そうしたらたいていのことが赦せるんです」

わたしは、穂坂さんの穏やかさに圧倒された。この人も、晴れ渡った青空を無条件で気持ちよく感じられる人なのだ、と思った。

「玉瀬さんはどの物件がいいと思いますか?」

穂坂さんに聞かれ、はっとした。

「わたしはここがいいと思います。冬のことを考えると、やっぱり鉄筋のほうがいいかなって。水抜きって知ってますか？」

穂坂さんは、いいえ、と答えた。

「冬の寒い日は、水道管から水を抜かなきゃならないんです。そうしないと、水道が凍っちゃって水が出なくなったり、水道管が破裂したりするんです。でも、鉄筋ならそういう心配はあんまりないって聞きます。でも、猫を飼いたいんですよね？」

「いえ、いいんです。欲張りすぎちゃいました。まずは仕事を見つけなきゃ」

「わたしも」と口走ってしまった。

「玉瀬さんも？」

「はい。わたしも無職で……」

「え？　玉瀬さん、不動産会社の人じゃないんですか？」

だから何度もちがうと言っているのに。

「ちがいますちがいます。大門さんとは母のことでちょっと……」

うまく説明できそうもないから、知り合いということにした。

「そうなんですね。なんだかすみません。勘違いしちゃって。でも、不動産会社の人っぽかったですよ」

それは大門不動産の古めかしさにマッチしているということだろうか。

「玉瀬さんはどんな仕事がいいんですか？」

「わからないんです。わたし、なにもできることがないし、会社勤めの経験もないから、どんな仕事ならできるのか全然わからなくて。穂坂さんは？」

「日払いのところならどこでもいいです。すすきのなら日払いのお店がたくさんあるって聞いたので、まずはすすきので働くつもりです」

「すすきのというと……居酒屋、とか？」

とか？　のあとに、クラブとか？　スナックとか？　風俗とか？　と続けたかったけど我慢した。顔に出たのだろうか、穂坂さんは笑った。

「ほんとうにどこでもいいんです。なんだか、いま人生がはじまったような気がしてるんです。だから、目の前のことをひとつひとつやっていこうと思うんです。そうすれば気づいたときに、自分の行くべき場所に行けているんじゃないかなあって」

人生設計、と頭に浮かんだ。

人生設計は前もって立てるものだ。のちのち後悔しないように、泣きをみないように、事前に、計画的に。そうして人生設計どおりに生きていけば、望みどおりの場所に辿りつけると思っていた。

けれど、そうではなく、進行形でつくる方法もあるのかもしれない。振り返れば自分の足跡が点々と続いているように、その足跡を見てはじめて設計図に気づくというように。

4

すすきの。日払い。穂坂さんの言葉が頭を離れない。

結局、いままでわたしはいろんな理由をつけてなにもしなかったということだ。その気になればやれることはいくつもあったはずだ。問題はその気にならなかったことだろう。

階下の笑い声が地鳴りになって響いている。今日もおしゃべりサロンが開催されている。

「楽しそうだなあ」

開けた窓の向こうの空は光をたっぷりたたえた薄青だ。うっすらと花のにおいが漂い、布団を叩く音とヘリコプターの音が聞こえる。下からどっと突き上げる笑い声と手を叩く音。

「いい天気だなあ」

最近ひとりごとが増えた気がする。

「気持ちいいなあ」

青空を見上げながらあえて言ってみた。

本の入っていない本棚には、マコのネックレスがある。チェーンが切れた状態で自分の部屋に落ちていたのだった。

パソコンで求人サイトを見たいけど、香波さんは出かけてしまった。香波さんのことだ、勝手に使えば必ず気づき、激高するだろう。母がおしゃべりサロンを開くようになってから、香波さんはよく出かけるようになった。少しずつ体調が回復しているのだと思う。

ノーリーの部屋を形ばかりノックした。返事を待たずにさっさと開ける。

「パソコン借りてもいい？」

ベッドの上のノーリーは寝返りを打つと「むううん」と声を出した。

パソコンを立ち上げて〈すすきの〉〈日払い〉で検索すると、想像以上の求人が見つかった。やっぱり夜の仕事が多い。フロアレディ。カウンターレディ。カラオケレディというのはなんだろう。けれど、意外と昼の仕事もある。コールセンター、データ入力、スマートフォンの組み立て、事務。

ふと、思い出したことがあった。ベッドに目をやると、Tシャツとトランクスのノーリーは布団に抱きついて寝ている。

〈メイドカフェもゆるん〉と打ち込んだ。公式サイトが見つかった。カフェというよりアイドルの写真集みたいだ。上目づかいの女の子。オムライスを持ってピースサインをするふたり組。ステージでマイクを持って踊っている三人組は、赤、黄、青の衣装を着ている。あ、マッシュルームキックだ。ノーリーが見ていた動画のアイドル。どうしてメイドカフェのサイトにアイドルの写真が載っているのだろう。その世界のシステムがわからない。

ノーリーが「むうう」とうめきながらベッドの上で体を動かした。わたしは慌ててサイトを閉じた。

ノーリーは横向きから仰向けになり、「だーるーいー」と声を出した。

「寝るのは大好きだが、起きるとだるいのだ」

「えっと……寝すぎなんじゃないかな」

「ところで、なにをしてるのだ？」

「パソコン借りてる。さっき貸してって言ったでしょ」

「そうであるか」

「求人サイト見てるの。仕事探そうと思って」

「なるほど」

求人サイトの〈日給一万円〉という文字を見て思い出した。

「ノーリー、家にお金入れてるんでしょ。お母さんが言ってた」

「むう」

「ノーリーって東京で働いて、貯金までしてたんだね。なんか意外」

「もうないのだ」

「え？」

「もう、貯金がないから働かねばならないのだ」

思いがけず仲間を得たことにわたしは嬉しくなった。

「じゃあ一緒に探そうよ」

「もう決まってるのだ」

「なにが？」

「仕事が。決まってるのだよ。今日から行かねばならないのだよ、僕は」

「嘘でしょ！」

ノーリーは体を起こそうとした。けれど、途中であきらめ、寝そべったままひじをついて頭を支えた。

「どんな仕事？　なにするの？」

むふふ、とごまかすように笑う。

「恥ずかしいの？」

こくん、と素直にうなずく。

「なんで？」

「なんでも」

「恥ずかしい仕事なの？」

なんだろう。

「恥ずかしい、仕事。ってなんだ？」

「あ」

「なに？」

「もう十一時を過ぎてるのだ」

パソコンの画面には、11：12とある。

「寝坊したのだ。十時半からなのに」

そう言いつつ体を起こそうとしない。「緊張して寝すぎたのだな」などとつぶやいている。

ノーリーはすぐにクビになるだろうと思い、ちょっとほっとしたわたしは性格が悪いのかもしれない。どうせ性格が悪いのだからと自分に言い訳をして、ノーリーのあとをつけることにした。ノーリーがどんな仕事を見つけたのか、どうしても知りたかった。

ノーリーは着古したTシャツとジーンズで、晴れ渡った空の下をよたよた歩いていく。どう見てもこれから出勤する人の後ろ姿ではない。あんなにくたびれた人形（ひとがた）のなかに、楽しいことが詰まっているなんて信じられない。

JRと地下鉄を乗り継ぎ、ノーリーが降りたのはすすきのだった。すすきの。日払い。穂坂さんを思い出した。穂坂さんとは電話番号を交換したけど、あれから一度も連絡を取っていない。電話してみようかな、と思った。仕事を見つけたのか、どんな仕事なのか、どんな日々を送っているのか聞いてみたい。

ノーリーが入ったのは、メイドカフェがあるこのあいだのビルだった。地下に続く階段をうかがうと、寝ぐせのついた後頭部が見えた。

メイドカフェに入っていくノーリーを見届けたら、すべて腑に落ちた。

このあいだメイドカフェに行ったのも、アイドルの動画を見ていたのも、仕事だったからだ。メイドカフェの仕事が決まったからノーリーなりに予習したのだ。

ノーリーのくせに。息をするのも面倒だったくせに。寝そべって生きてきたくせに。ひきこもりのくせに。

――ノーリーなら大丈夫。生きていけるっしょ。

母の言葉を思い出した。

ノーリーは大丈夫な人なのだ。六つ上の兄はいつのまにか、わたしの知らないところで大丈夫な人になっていた。いや、ちがう。ノーリーは最初から大丈夫な人だったのかもしれない。どんなときでも青空を見て気持ちよく思える人は、きっと大丈夫な人なのだ。

夕方、ノーリーの部屋で求人サイトを見ていると、階段を上がってくる香波さんの足音がした。

香波さんはノックもせずにわたしの部屋を開け、「あれ、いないのか」とひとりごとを言った。「澪子に行くところがあるなんてねえ」と続ける。

わたしがドアを開けると、ひっと声をあげた。

「びっくりするじゃない。なんでノーリーの部屋にいるのよ」

「パソコン借りてるの」

「勝手に？」

「ちがうよ」と答えたのは嘘だ。

「あんた、まさかわたしのパソコン勝手に使ってないでしょうね」

「使ってないよ」

「使ったら殺すからね」

やっぱり。

「ノーリーは起きてるの？」

「昼頃出かけた。仕事だって」

「しごとお？　まっさかあ」

そう言って笑いだした香波さんだけど、ノーリーが東京で働いていたことを思い出したのだろう、すぐに笑いを引っ込めた。

「仕事ってどんな仕事よ」

メイドカフェ、と答えたらノーリーをつけたのがばれてしまう。

「聞いたけど教えてくれなかった」

ふうん、となぜかどうでもよさそうに返し、「あのさ」と香波さんは視線を新しくした。自慢話をはじめるときの挑発的な表情が表れた。ひさしぶりに見る顔に、病気が完治したのだと確信した。

「わたし結婚するから」

予想外の言葉に反応できなかった。時間差で言葉の意味を理解したわたしは「なんで？」と聞いていた。

「なんで？　なんでなんでって聞くの？　普通は、どんな人？　とか、誰と？　とか、おめでとう、とか言うもんじゃないの？」

「あ、ごめん。いきなりだったからびっくりして」

「まあ、そうよね。びっくりするのも無理ないわよね」

香波さんは勝ち誇ったようにほほえむ。

相手は高校時代の同級生で、広告代理店に勤めているらしい。バツイチで、子供ふたりは元妻と暮らしているそうだ。

「半年前に離婚したばかりなんですって。このタイミングでわたしと再会したんだから、これは運命なんじゃないか、って彼が。わたしじゃないわよ、彼が言ったのよ」

わたしは、香波さんの急展開についていけずにいた。

「そういうわけで、明日から彼のマンションで暮らすことになったから」

「明日？」

「いまとなれば荷物がなくてよかったわ」

うっすらと上気した機嫌のいい顔に、騙されているのは母ではなく香波さんじゃないか、と思った。

「なによ」

香波さんは、わたしの表情を鋭く読み取る。

「あんた、信じてないでしょう」

「そうじゃないけど。……どんな人なの？」

「おっさんよ」

香波さんの同級生なのだからおっさんなのは言われなくてもわかる。

「お母さんには言ったの？」

「帰ってきたら言うわ」

香波さんがそう言ったとき玄関で音がし、「あー、疲れたあ」と母の声が聞こえた。香波さんが勢いよく階段を下りていく。

「お母さん、わたし結婚することになったから！」

張り切って報告する声が聞こえた。

あはははは！　香波さんより威勢のいい笑い声。

「またかい！　今度はうまくいくといいねえ」

「明日から彼のマンションで暮らすから」

「東京かい？」

「ううん。札幌よ」

「そのマンション、持ち家かい」

「そう。1LDKだけどね」

「持ち家なら安心だもね。場所はどこさ」

「中島公園から十分のところ」

「いいところじゃないの。築何年さ」

「十年くらいじゃないかなあ」

「じゃあ二千万ぐらいするんじゃないの」

聞くところはそこ？　わたしも母も、まだ相手の名前さえ知らされていない。

「短いあいだお世話になりました」

「はいはい。またいつでも戻っておいで」

「やだーっ。戻らないわよ」

意外にも楽しそうな会話を、わたしは階段の下り口で聞いていた。

そういえば、香波さんの過去二度の結婚も急展開だったと思い出した。一度目は香波さんが二十八歳のときで、いきなりハワイウェディングの写真はがきが送られてきた。そのはがきで、わたしは香波さんが結婚したことと会社を辞めたことを同時に知った。二度目は、わたしが結婚した翌年だから、香波さんが三十二歳のときだ。今度は電話がかかってきて、結婚することと、転職した会社を辞めてフリーランスになることを知らされた。どちらの結婚生活も三年も続かなかったはずだ。

香波さんは浮かれているけど、今度はうまくいくのだろうか。

翌日の朝、香波さんはほんとうに出ていった。

宅配便で送る荷物の送り状で、相手の名前が〈大野(おおの)〉なのはわかったけど、〈大野方玉瀬香波〉になっていたためフルネームは不明のままだった。

香波さんが出ていった。わたしを実家に連れてきた香波さんがいなくなってしまった。

一日でクビになると思っていたノーリーは意外にも仕事を続け、昼前に家を出ていく毎日だ。

あの香波さんが三度目の結婚をして、あのノーリーが働いている。あの母には友人どころか、言い寄る男までいる。わたしは強烈な焦りを感じた。

穂坂さんから電話がきたのは夕方、ひとり食卓で素麺を食べているときだった。表示された名前を見て、すすきの、日払い、と条件反射のように胸のなかでつぶやいていた。

「ご報告が遅くなってごめんなさい」

穂坂さんはおっとりと言った。

「わたしも電話しようかなって思ってたんです」

「そうなんですか？　嬉しい。以心伝心ですね」

そう言って、ふふと笑う彼女から現状に満足していることが伝わってきた。

「なんとか仕事が見つかって少しずつ慣れてきたところです」

案の定、そう続けた。

「すすきのですか？　日払いですか？」

先走って聞いた。

「夜はすすきのですけど、昼は大通のほうです。どちらも日払いです」

日中はコールセンターで、夜はラウンジスナックで働いているという。どちらも求人サイトから応募したそうだ。

「いちばん早く決まったところで働こうと思ったんです。応募した次の日にはコールセンターから連絡が来て、面接に行ったらすぐに採用になって。同じ日にラウンジスナックも決まったんです」

ところが、そのあとからもっと時給のいいところから連絡が来た、と穂坂さんは笑った。焦りすぎちゃったのかもしれませんね、と。

「でも、自分が決めたことだからしばらくがんばろうと思ってます」

彼女の部屋から見えた風景が浮かんだ。正面にはビルが建っているけど、角度をつけると空と豊平川が見えた。緑に囲まれた豊平川は青く流れ、ところどころ白い波が縞模様をつくっていた。わたしがなんとも感じなかったその風景は、穂坂さんの目にはどのように映るのだろう。

通話を終え、わたしはノーリーの部屋に入った。

相変わらず散らかっている。こたつテーブルの上の菓子パンやうまい棒の空き袋を腕で払い落とし、パソコンの電源を入れた。夜の仕事は自信がないから日中の仕事に絞り、コールセンターを重点的に見ていった。不安や迷いが入り込まないうちに勢いのまま会員登録を済ませ、さらに勢いを加速させて何社かに応募した。最後のエンターキーを押すと、腹の底から達成感が沸き上がった。

「できた」

やってしまえばどうってことなかった。どうしてあんなに躊躇していたのだろう。できる仕事がない、やりたい仕事がない、と負の自意識に囚われていたのだろう。余計なことを考えずに、とにかくいちばん早く採用になったところで働こう、と決めた。

踏み出してみよう。

それなのに、次の日も、その次の日も応募先からの連絡はなかった。穂坂さんは、応募した次の日にはコールセンターから連絡が来たと言っていたのに。メールソフトが壊れたんじゃないかと思ったけど、ノーリーへのメールは届いている。ノーリー宛てのメールは大量にあり、すべてがメールマガジンだ。解約するのが面倒で放ってあるのだろう。通販サイト、不動産会社、人材派遣会社、家電メーカー。そのなかに、個人名を見つけたのは求人に応募してから三日目のことだった。

差出人が〈鶴川〉で、件名が〈札幌に行きます！〉だ。誰だろう、友達だろうか。無性に気になった。盗み見たい衝動を抑えて送受信をクリックしたら、二件同時に届いた。わたし宛てに応募先からだ。

いちばん先に決まったところ、と嚙みしめながらクリックすると、〈一層のご活躍〉という文字が目に飛び込んできた。前向きな言葉に脳が錯覚を起こしたけど、中ほどに採用を見送る旨が書いてあった。もう一件も同じだった。喜びかけた分、落胆が大きい。全否定された気分だ。四十一歳だからだろうか。いや、どちらの会社も三十代、四十代の女性が活躍していると書いてあった。主婦の方大歓迎、とも。主婦じゃないからだろうか。

「ちょっとー！　ちょっとー！　澪子、いないのかー？」

階下の母の声に気づいた。

階段の下り口に行くと、母が下から見上げていた。

「なに？」

「お寿司！　お寿司食べるかい！　お寿司あるよ！」

居間に下りると、持ち帰り用パックに詰められた寿司がテーブルに置いてあった。

「お母さんのは？」

「わたし食べてきたもん。残す人多くてさ、みんなの分まで食べてきたから腹いっぱいだよ。ウニでしょ、中トロでしょ、カニでしょ、エンガワでしょ。ウニと中トロばっかり食べてやったさ。あははは！　捨てるのもったいないから、残った分全部持ってきたのさ」

パックに詰められた寿司は、タコ、イカ、玉子がそれぞれ三つと、トビッコがふたつだ。

「なにかの集まりだったの？」

「まあね」

母はソファに座って、テレビのリモコンをいじっている。

「社交ダンスの？」

「なんで知ってんのさ」

きっと睨まれ、慌てた。母が社交ダンスをしていることを知ったのは、きょうだいで大門不動産に押しかけたときだ。

「あれ、なんだったかな。えーと、いつだったかな……」

「そうか。前にしゃべったんだっけ」

母はあっさりと納得して録画番組の確認に戻った。

わたしはお茶も淹れず、お寿司の蓋を開けた。

「何人くらい集まったの？」

「十二、三人かなあ」

「いつもうちにくる人たちも？」

「あの人たちはまた別のグループだもん。カラオケ仲間」

あはははは！　なにがおかしいのかひとりで笑う。

イカのお寿司を口に入れた。変だ、味がしない。と思ったら、わさびの味だけ感じた。

「けっこうわさび効いてるね」

「そうかい？」

わたしは目尻をぬぐった。味のしないイカはいくら噛んでも噛みきれない。

「お母さん、友達いっぱいいるんだね」

「いつのまにかいっぱいできてたねえ」

「仕事やめても毎日忙しいね」

「忙しくしてるほうが余計なこと考えなくていいんだって！　でも、友達づきあいも金がかかるからね。どうやって金をかけずに楽しくするかがポイントだっつーの！」

涙が頬をつたい、わたしはティッシュを取った。

「わさび、ツンとくる」

うつむいたら、鼻の頭が赤く膨らんでいくようだった。

「このお寿司、わさび効きすぎ」

タコを食べ、玉子を食べ、トビッコを食べた。あいだを置かずにどんどん口に入れた。母は韓流ドラマに夢中だ。口を半開きにして見入っていたかと思うと、あははは！　ひーっ！　あははは！　と大声で笑い、ほら、後ろ！　後ろにいるって！　と話しかけた。

いま、母がいてよかった、とたぶん物心がついてからはじめて思った。

何度も着替えた末、最初に戻って白いカットソーと紺のパンツにした。スーツを借りようと香波さんに電話をしたら、「パートなんかの面接にスーツ着ていったら逆に引かれるわよ。パートなんかの面接にはちょっと小ぎれいな恰好で行けばいいのよ」

パートなんか、と二回言ったことにたぶん香波さんは気づいていない。

五社に応募したうち、一社だけ面接に進めた。未経験者歓迎で、研修制度がしっかりしていて、服装が自由で、日払いＯＫで、女性が活躍している職場だ。仕事内容は簡単なデータ入力とあった。

面接場所の人材派遣会社は、札幌駅近くのビルの十七階にあった。ガラス張りのオフィスで、わずかな影も排除するかのように清潔にしらじらとして、人がいるのにしんとしていた。

耳を澄ませると、カタカタカタカタと高速でキーボードを叩く音が聞こえた。この場所で澄ました顔をしてカタカタとキーボードを叩く自分を想像した。どうってことない気もしたし、無理だという気もした。わからない。わたしはものすごく緊張していた。エアコンが効いているのに、脇の下と手のひらに汗をかいていた。

パーテーションで区切られた場所に案内され、椅子に座って待った。パーテーションの向こうでも面接をしているらしい、「土日は絶対に働けないんです」「わかりました。じゃあ、祝日もお休みですね」などと聞こえる。

カツカツとヒールの音が近づき、「おまたせしました」と現れたのは三十代半ばの女だった。黒い髪をきっちりひとつに結び、全身からできるオーラを発散しつつも、口もとで笑みをつくっている。〈ビストロこのみ〉の娘を思い出した。ドンマイドンマイ、と声が聞こえ、その瞬間、これは不採用になるな、と予感してしまった。

「玉瀬さんは、短大卒業後にファミリーレストランで働いて以来、お仕事はまったくされなかったんですか？」

職務経歴書を見ているくせに、面接官はわざわざ念を押す。

「はい」と答え、〈ビストロこのみ〉も書いたほうがよかっただろうか、と少し後悔した。

「じゃあ、かなりブランクがありますね」

「はい」

「データ入力や電話応対の経験はないということですね？」

「はい」

だんだん小さな「はい」になっていく。

「大丈夫ですよ。そういう方、たくさんいますから」

「はい？」

「ブランクがあったり、未経験の方もたくさんいますから」

目の前がぱあっと開けたようだった。

「ちなみにパソコンのスキルは？」

「スキル、と申しますと？」

「パソコンでできる操作は？」

「えっと、メールと」

「メールと」

「インターネットと」

「はい」

面接官はペンを止めて続きを待っている。メールもインターネットもメモを取ってくれなかった。

「動画とか」

「動画編集ですか？」

「あ、いいえ。観たり」

「ああ」

「すみません。そのくらいしか……」

「いえいえ、大丈夫ですよ。そういう方もいらっしゃいますから。研修を受けていただければ問題ありません」

面接を終えようとする気配を感じ、焦りが生じた。なにか言わなくては。ここでなにもせずに終わったら先へは進めない。

「あの、土日も働けます」

「はい？」

「土曜も日曜も祝日もいつでも働けますので」

「あ、なるほど」

それ以上アピールできることはなく面接はあっさりと終わった。

わたしのどこがいけないんでしょう。働いたことがないからでしょうか。四十一歳だからでしょうか。ネットとメールしかできないからでしょうか。研修を受ける資格もないということでしょうか。やる気があるのかどうかわかりにくいからでしょうか。自分でもわかりません。雰囲気が暗いからでしょうか。

行き場のない疑問が、頭のなかでぐるぐるしている。

予想どおり不採用のメールが届き、全滅が決まったその日の夜、わたしはすすきのにいた。ノーリーがどんなふうに働いているのか見たかった。あのノーリーが働けて、このわたしが働けない理由を知りたかった。なにかしないと先に進めなかった。

ためらいが入り込まないようにビルの階段を駆け下り、そのままの勢いで〈メイドカフェもゆるん〉のドアを開けた。

数秒、奇妙な沈黙が挟まり、「おかえりなさいませ、お嬢様」と複数のアニメ声がかかった。

コの字型のカウンターとテーブル席が配置され、客はカウンターにふたり、メイドは四人いる。カウンターから出てきたメイドに「おかえりなさいませ、お嬢様」と改まって言われ、恥ずかしさにくらくらした。

「あの、玉瀬典史(のりふみ)はいますか？　ここで働いてると思うんですけど」

「おりません」

メイドが即答した。

声も出なかった。ノーリーはここで働いていたんじゃないのか。仕事をはじめたというのも嘘だったのか。じゃあ、ノーリーは毎日どこに行っているのだろう。

「調理係の玉瀬は、ただいまラムネホールに出張中でございます」

「ラムネ、ホール？」

「はい。お向かいにございますラムネホールに短期出張中でございます」

そう言って、メイドはにっこりと笑った。

やっぱりここで働いていたのか。ほっとしたのか、がっかりしたのか、自分でもよくわからない。

〈メイドカフェもゆるん〉の向かいは、なんの店なのかわかりにくかった。ぶ厚い灰色のドアに店名のプレートが貼ってあるだけだ。なかから音が漏れている。

ドアを開けると、大音量に押し返された。小さなライブハウスだった。思わず後じさりしたわたしを閉じ込めるようにスタッフらしき男がドアを閉め、「ワンドリンク千五百円です！」と手を出した。

「あ、ちがうんです。玉瀬典史に会いにきただけで……」

「ドリンクカウンターはあちらです！　ワンドリンク千五百円！」

スタッフが怒鳴る。

「だから、ちがうんです！」

千五百円も払いたくなくて怒鳴り返したけど、あっさり負けて仕方なく財布を開けた。

うおーっ、うおーっ、へいへいへい！　うおーっ、うおーっ、へいへいへい！

観客の怒声じみた声援が、鼓膜を震わせ、脳天を痺れさせる。腹にずんずんとリズムが響き、胃が痛くなりそうだ。わたしはステージに目を向けた。

正面のステージはきらびやかなスポットライトに照らされ、赤、黄、青の衣装を着た三人の女の子が歌い踊っている。きんきんした頼りない声、たどたどしいダンス。動画で観た子たち、たしかマッシュルームキックだ。

動画で観たときはただの下手くそとしか感じなかったのに、実際に見ると髪も瞳も肌もきらきらと発光し、彼女たちのまわりだけ現実離れした輝きが躍動している。

反対に、観客は一様に黒く塗り潰され、明るい場所を求めてうごめく亡霊みたいだ。二十人ちょっと、三十人はいない。黒い亡霊たちは、まるで地獄の湯が沸騰しているようにぼこぼこと激しく跳ねている。片手を突き上げ、なんとかちゃん！　なんとかちゃん！　とおそらく女の子たちの名前をコールしているのだろう。

光があたる場所とあたらない場所。ステージの上と下の落差が凄まじい。わたしの目には、ステージの下の黒い亡霊たちが、まるで輝きのおこぼれにあずかろうともがいているように見えた。輝きのかけらでも手につかめれば、光あふれる場所に行けるとでもいうように。

最前列で飛び跳ねている人たちにだけスポットライトがあたる瞬間がある。後頭部が赤や白や金に染められる。けれど、彼らは自分たちに光があたっていることに気づかず、より明るいほうへ、まぶしいほうへと身をのり出している。

そのなかにノーリーを見つけた。わたしの脳は、自分が見ている映像を全力で否定する。まさかあれがノーリーのわけがない。

最前列の真ん中にいる男は、叫んでいる。手を振りかざしている。激しく跳ねている。スポットライトのおこぼれが彼を照らす。頭の後ろ、横顔、突き上げた人差し指。彼は一時も止まらない。外界のリズムと自らの内のリズムに突き動かされるように。彼が放つ汗の輝きさえ見えるようだった。

彼は亡霊なんかじゃなかった。ものすごく生きていた。

ライブハウスを出ると、黒いTシャツを着たスタッフが「ドリンクドリンク」と追いかけてきた。

「はい？」

「ワンドリンク付きだから。なにがいい？　お茶か水かジュース。アルコールはないけど」

「じゃあ、お茶を」

ちょっと待ってね、と言い置き、彼はすぐにペットボトルの緑茶を手に戻ってきた。

「もう帰るの？」となれなれしい。五十代だろうか。

「だめだった？」

「え？」

「うちの子たち。マッシュルームキック。全然響かなかった？」

「いや、わたしそういうのわからないんで」

「お客さん、はじめての人でしょ？」

「そうですけど」

「だめ？　だめだった？　なにが足りなかった？　だってお客さん十分くらいしかいなかったよね。そんなにだめだった？　退屈だった？」

ぐいぐいと迫ってきて、汗のにおいが鼻についた。スタッフが近づいた分、わたしはのけぞりつつ後じさりした。

「ちがいますちがいます。わたしは玉瀬典史に会いに来ただけですから。そこの、メ、メイドカフェに行ったら、こっちにいるって聞いたから。だから、あんまりよく観てなくて」

わたしはメイドカフェとライブハウスを交互に指さしながら、弁解する必要などないのに慌てて言葉をつないだ。

「玉瀬、ってノーリー？　いたでしょ、最前列のど真ん中に。ノーリーは隊長だからね」

「隊長？」

「応援隊長。ノーリーがいないと盛り上がらないから、ライブのときは必ず参戦してもらってるんすよ。まあ、隊ってほどファンの数多くないけど」

そう言って、ははは、と力なく笑った彼は、メイドカフェとライブハウスの経営者で、マッシュルームキックをプロデュースしていると自己紹介した。おたくは？　と聞かれ、玉瀬の妹です、と答えた。

「今日は東京からツルちゃんも来てるから盛り上がってるよ。よかったら最後まで観てってよ。ひとりでもお客さん多いほうがあの子たちも喜ぶから。ほら、お兄さんもがんばって盛り上げてるんだからさ」

ツルちゃん。ノーリーにメールを送った鶴川という人だろうか。

ライブハウスに戻されると、ステージでは赤の女の子が観客に話しかけていた。

「札幌での初のライブということで……ちょっと、ブランクがあって……あ、ブランクのせいにしちゃだめですよね。ごめんなさい。チナツを赦してー」

赦すー、と野太い合唱のなかに、ノーリーの頼りなく高い声が混じっていた。

「それじゃあ、最後の曲いっちゃうね！　マッシュルームキックで、キミにキック」

うおーっと歓声があがり、最前列のど真ん中でノーリーがこぶしを突き上げぴょんぴょん跳ねている。

鳴りだしたのは動画で聴いた曲、ノーリーが夜の公園でヒィヒィ言いながら踊っていた曲だ。

観客たちが一斉にステップを踏みだす。腰に手をあて、前に進み、後ろに戻る。手を振りながら左右に移動し、くるりと一回転する。ノーリーの顔がはっきり見えた。ノーリーは笑っていた。ほとばしるような笑顔だった。そんなふうに無邪気に、熱く、壊れる寸前のように笑う大人をはじめて見た。ノーリーの笑顔は、この瞬間が人生のクライマックスだと高らかに叫んでいた。

ライブ終了と同時に、わたしは真っ先に外に出た。いまノーリーに見つかったら、あの笑顔の余韻を壊してしまう気がした。それでも、ノーリーに聞きたいことがたくさんあった。たくさんありすぎて、なにを聞きたいのか混乱している。ただひとつ、ノーリーに声をかけるとしたら、ノーリーは楽しいの？　だ。けれど、答えは聞かなくてもわかる。

廊下で様子をうかがっていると、ノーリーは背の高い男と一緒に出てきた。さっきのほとばしるような笑顔はおさまり、にやにや笑いを浮かべている。背の高い男が鶴川だろうか、ふたりからは共通する興奮の余韻が感じられた。ふたりはぼそぼそと、それでも満ち足りたようにしゃべっている。

ノーリーの友達。ノーリーの居場所。ノーリーの世界。ノーリーの人生。続けざまに思ったら、胸の奥からうるんだ感情が染み出した。わたしはくちびるをきつく結び、脳が勝手に「ノーリーの」を「わたしの」に変換しないように意識した。自分がなにも持っていないことを改めて突きつけられるのが怖かった。

ノーリーは、背の高い男と立ち話をしたのち、〈メイドカフェもゆるん〉に入っていった。

背の高い男が、わたしの前を通りすぎていく。ノーリーと同世代に見える。短い黒髪のところどころが白く、黒いTシャツの腹まわりに贅肉の浮輪をつけている。声をかけようと口を開きかけ、なにを話せばいいのか躊躇した。なぜか、不採用メールの〈ご活躍をお祈りいたします〉というそらぞらしい文面が頭に浮かんだ。絶対に祈っていないくせに。絶対にご活躍できると思っていないくせに。そんな反発心が生まれた。

声をかけなければ後悔する。そう確信して背の高い男を追った。

「鶴川さん、ですか？」

声をかけたのはビルを出てからだった。振り返った彼は怪訝な表情だ。

「そうですけど」

「あの、わたし、ノーリーの、玉瀬典史の妹なんですけど」

「妹さん？」とぱっと笑う。いかつい表情が、一変して人のよさそうな雰囲気になった。

「妹さんって、たしかノーリーには妹さんがふたりいますよね」

家族構成を知っていることにわたしは驚いた。

「わたしは下です。いちばん下です」

「えっと、じゃあ、澪子さん」

驚きが一気に膨らんだ。

「どうして名前を知ってるんですか？」

「ノーリーからいつも聞いてたから」

鶴川はさらりと答えた。

「ノーリーが？　わたしのことを？　どんなことですか？」

「どんなこと、ってそう言われても急には思いつかないけど……。普通のことですよ。普通に家族のことを話す感じ。上の妹さんは香波さんでしたよね、しっかりしていていつも怒られてたとか、澪子さんは年が離れてるからかわいいとか、そんな感じですよ」

「鶴川さんはノーリーのお友達なんですか？」

「そうですよ。東京の印刷会社で一緒でした。ノーリーはすぐに辞めちゃったけど」

「クビになったんですよね？」

「え、あ、いや、うーん」

「いいんです。ノーリーから聞きましたから」

鶴川は、ははは、と気をつかった笑い方をし、

「クビになっても札幌に行っちゃっても、ノーリーとはずっと友達ですから」

フォローするように言った。

「あの、ノーリーってアイドルが好きなんですか？」

ライブハウスで跳び叫び笑うノーリーを見たいまとなっては、仕事のためだとは思えない。

「もともとは僕が誘ったんですけど」

鶴川は得意げに言ってから、はっと表情を変え、「もしかして迷惑でしたか？　余計なことしやがってとか思ってます？」

「あ、いいえ。そうじゃなくて、ノーリーとアイドルが結びつかないっていうか」

「ほんとに怒ってません？　ドルオタって女の人から虫を見るような目で見られることがあるんですよね」

鶴川は自嘲するように笑い、

「喜んでくれるのがいい、って」

「え？」

「ノーリーが言ってました。アイドルって、ああ、アイドルっていってもテレビに出てるような子たちじゃなくて、地下アイドルとかロコドルのことなんですけど、応援したら喜んでくれるのがいい、って。迷惑になったり、嫌な思いをさせないのがいい、って。なんか妙にしみじみとした感じで言ってましたよ」

ノーリーがそんなふうに考えていたなんて想像もしなかった。

年が離れたかわいい妹のわたしは、物心ついたときからノーリーを軽蔑していた。話しかけられるのも、近寄られるのも嫌だった。

じゃあ僕これから打ち上げだから、と鶴川は言った。

「ノーリーも仕事終わったら行くって言ってましたよ。そこの居酒屋」

そう言って、ふたつ隣のビルの看板を指さした。

「わたしが鶴川さんにいろいろ聞いたことは、ノーリーには言わないでもらえますか？」

「了解です」

それじゃ、と鶴川は歩きかけ、思いついたように振り返った。

「ノーリーの推しはカノンちゃんですよ」

いたずらっぽく笑う。

「はい？」

「マッシュルームキックの黄色の子」

そう言われても、三人の区別はつかなかった。

わたしは、夜のすすきのを行き交う人たちを眺めた。みんなどこかに向かっているのだなあ、と思った。行き先があっても、まだ決まってなくても、動き続けている。動き続けていれば、そのうちどこかに辿りつけるのかもしれない。

仕事探しは全滅した。これからどうすればいいのかわからない。それでも続いている。

「その後」は終わりではなかった。途方に暮れる「その後」でも、向かう場所はあるのかもしれない。

帰ろう、と思った。とりあえずいまは帰る場所がある。

家に帰ったわたしは、ノーリーのパソコンでマッシュルームキックを検索した。千夏、花音、綺羅の三人組のアイドルユニットで、結成は三年前。昨年秋に、拠点を東京から札幌に移して活動を再スタートと書いてある。

昨年秋。ノーリーが札幌に戻ってきた時期と同じだ。もしかすると、ノーリーはマッシュルームキックを追いかけてきたのだろうか。普通なら考えられない。けれど、ノーリーならなにをしてもあり得ると思わせた。

「ほんとわからない」

つぶやいたら、笑いがこぼれた。

ノーリーが帰ってきたのは、日付が変わってからだった。

階段を上がってくる忍び足が聞こえ、わたしはトイレに起きたふりをして部屋を出た。くちびるを「お」の形にすぼめたノーリーからは、汗と居酒屋のにおい、そしてにぎわいの余韻が嗅ぎ取れた。

わたしは、なにも知らないふりをすることに決めていた。ライブハウスでのノーリーを目にし、鶴川の話を聞いたいま、メイドカフェの仕事もマッシュルームキックも、ノーリーの聖域のように感じられた。無遠慮に訊ねることで汚してしまう気がした。

でも、ノーリーが自分から口にしたら別だ。聞きたいことはたくさんある。

「遅かったね。いままで仕事だったの?」

「むふっ」とノーリーは笑った。

「なんで笑うの?」と、つられてわたしも笑った。「仕事じゃなかったの?」

「むふふっ」

肩を上げたノーリーは、首を引っ込めようとする亀みたいだ。

「ノーリーってどんな仕事をしてるの？」

粘ってみた。

「むふっ」

「教えてくれないの？」

むうん、とにやついたくちびるを結び、困ったように首をかしげる。

やっぱり知らないふりをするしかない。

「わたし、就職活動したんだけど、全部不採用だった。五社、ぜーんぶ」

ノーリーは少しのあいだ考える表情をして、

「これからなのだ」

言い終わって、むん、とうなずいた。

「これから？」

むん、とまたうなずく。

「ほんとにそう思う？」

「思うのだ」

「ほんとにほんと？」

「澪子は、大丈夫なのだよ」

「どうしてそう思うの？」

「澪子だから、だよ」

ノーリーがわたしのなにを知っているというのだろう。わたしがノーリーのことを理解できないように、ノーリーだってわたしのことを理解できないはずだ。それでも、わたしは素直にその言葉を受け取った。

「そっか。そうだよね」

「そうなのだよ」

むんむん、とうなずくノーリーに、生まれてはじめて頼りがいめいたものを感じた。

ノーリーの部屋で求人サイトをチェックすると、わたしを落とした五社のうち三社がまだスタッフを募集していた。新しい求人は少なく、看護師とか介護士とか調理師とかネイリストとか、わたしには手が届かない職種ばかりだ。

高望みしすぎているのかもしれない。わたしはまだ、どこでもいいと本気で思ってはいない。ずっと続けられる仕事がいい。自立できる程度の収入が欲しい。通いやすいところがいい。簡単な仕事がいい。満足にできることなどないのに、注文だけはある。どうして穂坂さんのような潔さがないのだろう。

「あーあ」と声を出して体を倒したら、後頭部になにか当たった。ティッシュの箱だった。顔の横には靴下と菓子パンの袋が落ちている。

天井を眺めながらなんとなく息を止めてみる。一、二、三……と数えても、なかなか苦しくならない。十まで数えたところで反射的に息を吸い込もうとし、おっと、とみぞおちに力を入れた。苦しくなってきた。ノーリーを真似して足をばたつかせてみる。苦しい。肺が真っ白になる。体じゅうの穴が塞がれている。ふはっ。わたしはあっけなく息を吸い込み、少しのあいだ荒い呼吸を続けた。

けっこう苦しいのだな、とあたりまえのことを思った。けっこう苦しい思いをしたのに、仕事が見つかるわけでも、お金を得られるわけでもなく、息を止める前と後ではなにも変わらないのだな。めんどくさいのはめんどくさいし、だるいのはだるいままなのだな。

麦茶を取りに階段を下りると、「お願いします！」と居間から香波さんの声がした。香波さんが来ていることに気づかなかった。

居間をのぞいて息をのんだ。香波さんが土下座している。ソファに座った母はぽかんとした顔で、土下座する香波さんを見下ろしている。あははは！　とすぐに母は笑いだした。

「なにさそれ！　大げさなんだって！　命取られるわけじゃないんだから、どうでもいいしょや！　命取られても、それだけのことでしょや！」

香波さんがゆっくり顔を上げた。わたしに背を向けていて表情は見えないけど、脱力した肩からほっとした気配が伝わってくる。

「一年以内にはなんとかしますから」

香波さんに敬語は不似合いで、外国語の訳を読み上げるように聞こえた。

「そんなふうに焦るからいけないんでしょや。人生は駆けっこじゃないんだよ。速けりゃ勝ちってわけじゃないしょや！　つーか、速かったら早死にするしょや！　それなのに、あんたは子供のころから、いっつも最短距離でひとっ飛びで行こうとするもね。いつもひとっ飛びだったら、見える景色も見えないしょや」

「じゃあ、一生よろしくお願いします」

香波さんの声に笑いが混じった。

「一生はやだよ！」

あはははは！　と豪快に笑った母がわたしに気づいた。

「ちょっとちょっと、香波ったらもう出戻ってきたんだよ」

香波さんが振り向いた。目が合った瞬間、気まずさと恥ずかしさが入り混じった表情になった。

「まだ籍は入れてないんだから、出戻りじゃないわよ。ちょっとお泊まりしてきたようなものじゃない」

「だから金目当ての結婚なんてうまくいかないんだよ。どうせなら死にそうな年寄り狙えばよかったのに」

自分も年寄りに分類されるくせに母は、あはははは！　と愉快そうだ。

「お金目当て？　香波さん、お金目当てで結婚したの？」

ひとこと言いたい気持ちは、香波さんの言葉で吹き飛ばされた。

「あんた、面接はどうなったのよ。わたしのアドバイス、役に立ったでしょ」

一瞬にして、鼻先に棒を突きつけられた気分になった。

あれからときどき考える。もしスーツで面接に行っていれば採用になったんじゃないか、と。その考えが、現状を直視することから逃れるためのものだとは自覚している。隣で面接を受けていた人もスーツではなかったのだから。きっと彼女は採用されたのだろう。

「落ちました」

自然と敬語になっていた。

あははは！　と母は笑わなかった。むしろ笑い飛ばしてほしいのに、

「あんたの場合は、たまにはひとっ飛びで行ったほうがいいのにねえ」

しみじみと言われた。

二階の自室に行くと、香波さんが追いかけるように入ってきた。

「超むかついた」

いきなり言われ、なにか怒らせることをしただろうか、と心当たりがないのに緊張した。無意識のうちに正座したわたしの前に、香波さんはどっかとあぐらをかく。

「家政婦扱いだから」

「はい」

「はい、じゃなくて、あいつ、このわたしを家政婦扱いしたのよ。とりあえず部屋片づけてくれる？　俺、そういうの苦手な人だから、って。まあ、最初くらいはいいかって片づけたわよ。それなのに、ありがとうも言わないのよ。それだけじゃないのよ、ビール取って、水、ティッシュ、風呂、ってこのわたしをあごで使うのよ。信じられる？　こんな仕打ちはじめてよ」

わたしは十五年間の結婚生活を思い返した。ありがとうと言われたことはあっただろうか。部屋を片づけるのも、冷蔵庫から飲み物を出すのもわたしの役目だった。

「朝は何時に起こしてとか、アイロンかけといてとか、着替え用意してとか、あいつが欲しかったのは家事をやってくれる女だったのよ」

「嫌に決まってるでしょ。なんでこのわたしが他人の世話をしなきゃならないのよ」

「その人のこと、好きじゃなかったの？」

「お互い独身で意気投合したのは事実よ。はっきり言って、わたしは食わせてもらおうと思ったの。仕事はまだできそうもないし、売れるバッグも洋服もなくなったし、なんかもう袋小路って感じだったのよね。そんなときに、俺たち結婚すればちょうどいいんじゃない？なんて言われたら、さすがにこのわたしでもぐらっときちゃうわよね」

十五年前の自分を思い出した。

「なんか、わたしが結婚したときと似てる」

「似てないわよ」

わたしの事情を知らないくせに、香波さんはためらいなく切り捨てる。

「香波さん、このあいだ好きだから楽しいから一緒にいる、って言ったのに。それ以外にどんな理由があるの、って」

やんわりと物申してみた。

「わたしは、どんな理由があるの？　ってあんたに聞いただけよ」

あっけなく一蹴された。

「だいたい、好きも楽しいも一瞬の錯覚みたいなものよ。意気投合して盛り上がることが、好きで楽しいって意味なら、まあ、そうだったのかもね。一瞬だけどね、一瞬」

「ねえ」

「なによ」

ずっと聞きたかったことを、思い切って聞くことにした。

「香波さんって、なんで二回も結婚したの？」

「なんで、って二回結婚したのは、一回離婚したからに決まってるじゃない」

「そうじゃなくて、結婚した理由。決め手、っていうのかな。なんで結婚しようって思ったの？　しかも二回も」

「強くなりたかったから」

香波さんは即答した。

「強くなりたかったから？」

想定外すぎて復唱することしかできなかった。

結婚したら強くなれるのだろうか。自分の結婚生活を振り返ってみたら、ノーとすぐに答えが出た。自分の居場所ができた安堵感はあったし、新しい生活がはじまった高揚感もあった。けれど、それもいまとなっては一瞬の錯覚だった気がする。さっき香波さんが言った好きや楽しいと同じだ。

「単純なことよ。ひとりよりふたりのほうが強くなるじゃない。数の力よ。もっと言うと、結婚すれば相手の社会的地位やお金が手に入るという打算もあったわね。いまの世の中、社会的地位とお金がないと強くなれないでしょ。どちらのときもわたしは会社を辞めるタイミングだったから、なおさら強さが必要だったのよ」

「はあ」

まったく理解できなかった。仮に数の力で強くなったとして、いったい誰と戦うというのだろう。

「いいわ。今日はお母さんに土下座したから、特別に教えてあげる」

そう言って、香波さんはあぐらから体育座りになった。

「わたしは日々、戦ってるのよ」

「はあ」

ほかに相づちの打ちようがない。香波さんはもったいぶって言ったけど、正直、なに言ってんだ？　と返したい気持ちだった。

「まわりは敵ばかりだから」

「敵？」

「わたしね、よく知らない人はみんな、わたしに危害を加えようとしてる気がするのよ。危害っていっても、殴る蹴る刺すだけじゃないわよ。悪口を言ったり、のけ者にしたり、意地悪したり、ばかにしたり、見下したり。もちろん、頭ではそんなことないってわかってるんだけどね」

「それって子供のころから?」

「どうかな。お母さんが離婚してからかもしれない。あんたはまだ小学生だったけど、わたしは高校生だったからね。あのお母さんが、実はけっこう傷ついてることもわかってたし」

「嘘でしょ? お母さん、傷ついてたの?」

わたしには、めらめらと炎を上げながら「もらうもんはもらわないと」とこぶしを突き上げる勢いで連呼していたイメージしかなかった。

「そりゃ、夫が女つくって出ていったんだから傷つくでしょ。まさか、あんた、お母さんが傷ついてないとでも思った?」

そのまさかだ。母は泣かなかったし、悲しい顔もしなかった。むしろ、バイタリティが増したように見えたくらいだ。

わたしと香波さんとでは、ちがう母が見えていた。それはずっと続いていたのだ。

「お母さんはあんなんだし、ノーリーもあんなんだし、あんたは小さくて頼りなくてこんなんだし、わたしが強くなるしかないでしょう」

いや、母も十分すぎるほど強いと思うけれど。

「わたしは誰にも傷つけられたくない、って思ったのよ。だからみんながビビるくらい強い存在でいたい、って。でも、そう思えば思うほど、まわりがみんな敵に見えてくるのよね」

そういえば、香波さんの性格がますますきつくなったのはその頃からかもしれない。もともと、十分すぎるほどまわりをビビらせていた気はするけれど。

「だから、わたしはいつも戦闘態勢なの」

「……疲れない？」

「疲れるに決まってるでしょ」

「結婚したら強くなれた？」

「結局、それも錯覚だったわね。っていうか、いつのまにか夫に対しても戦闘態勢になってたわ」

「なんで二回とも離婚したの？」

「死ねばいいのにと思うくらい相手が嫌いになったからに決まってるでしょ」

香波さんの言葉がふいうちのように胸に刺さった。清志もわたしのことを、死ねばいいのにと思うくらい嫌っていたのだろうか。わたしは自分の気持ちにしか目が行かず、清志がどんな気持ちでいたのか想像しようともしなかった。

「二回の離婚で学んだはずなのに、また打算で結婚しようとしたわたしがばかだったわ。やっぱりうまくいくわけないわよね。だから、お母さんに全部言ったの。パニック障害のことも仕事ができないこともお金がないことも。だから助けてください、しばらく面倒みてください、って」

「そうしたら？」

わたしは前のめりになっていた。

「わかったよ、って」

「それだけ？」

香波さんはうなずいた。

「なんか拍子抜けしちゃったわ。なんでいままで、お母さんには絶対に言えないって思い込んでたんだろう。鬼の首取ったようにあぁだこうだ言われると思ってたのよね。あまりにあっさりいきすぎたから、自分の気持ちがおさまらなくてつい土下座までしちゃったじゃないのよ」

わたしもそうだ、と気づいた。離婚したことで母に糾弾されると思い込んでいたけど、母は離婚についてふれてこない。あえてなのか、興味がないのかはわからないけれど。

「香波さん、これからどうするの？」

「だらだら」

「え？」

「とりあえず戦うのをやめて、だらだらしながら楽しむわ、毎日を」

「どうやって？」

「別にどうもしないわよ。ノーリーみたいになにもしなくても楽しめるように訓練するわ」

「訓練？」

「だって、いままでなにもしなかったことも、毎日を楽しんだこともないんだもの。最初はどうすればいいのかわからないわよ。あんたはこれからどうするのよ。面接落ちたんでしょ」

う、と言葉に詰まった。わたしはこれからどうするのよ、と自問する。お母さんに助けてもらう、と一瞬、頭をかすめたけど、香波さんのように「くっそー」と必死にもがいてもいないのに、お願いしますと土下座する資格はないと思えた。

5

数日のあいだ、香波さんは悠々自適の暮らしをしていた。

おしゃべりサロンが開催されるときは外出し、母がいないときは居間のテレビを独占し、友達とごはんを食べに行ったり、気が向いたときだけ料理や掃除をしたり、戦うことをやめた香波さんは機嫌よさそうだった。

香波さんが母にいくら借りたのか知らないけど、わたしはこれまでどおり香波さんに生活費を出してもらっていた。

おしゃべりサロンが開催された日、わたしは香波さんに誘われてショッピングセンターのコーヒーショップに行った。最近の香波さんにしては不機嫌で、もうお金を貸さないと言われるのではないかと緊張した。

「お母さん、やっぱり全然変わってないわ」

香波さんはバッグから紙を出して、わたしの目の前で広げた。〈借用書〉と手書きで大きく書いてある。荒々しい筆致、母の文字だ。

「金利一五パーセントだって。ひどくない？　あの人、娘からしっかり利息取るつもりなのよ」

借用書には、ふたつの拇印が押してある。〈百万円〉の文字を確認した。

変わらない母のがめつさに、わたしは心の半分くらいでほっとした。残りの半分は、香波さん同様「ひどい」だ。

「だから、あんたからも利息取ることにしたから」

「ええっ」

「わたしは一五パーセントの利息取られるから、あんたは二〇パーセントね」

「そんな」

「しょうがないじゃない。あんた仕事見つからないんだから、貸し倒れのリスクがあるんだもの」

香波さんは母のことをひどいと言うけど、昔から母と香波さんには似ているところがある。

「一五パーセントの金利なら、キャッシングするのと変わらないじゃない。まあ、借りようとしても無職だからどこも貸してくれないけど。あ、そっか、わたしにも貸し倒れのリスクがあるってことね」

ひとりで答え、香波さんはふふんと鼻で笑った。

「まあ、いいわ。いざとなったら踏み倒せばいいんだものね。なんだ。そうだ。そうよ。そうすればいいんだわ」

軽やかに言うと、アイスカフェラテおかわりしようっと、と立ち上がった。あんたは？と聞いてくれないところなんか、やっぱり母に似ている。

携帯の着信音が聞こえ、「香波さん、携帯鳴ってるよ」と注文カウンターにいる香波さんを呼んだ。

「その音、わたしじゃないわよ」

振り返って香波さんが言う。

わたしのだ、と気がついた。慌ててバッグから取り出すと、穂坂さんからだった。

穂坂さんには仕事が決まったら報告しようと思ったまま、いつまでも連絡できずにいた。応募してすぐ採用が決まった彼女と、いまだに決まらないわたし。穂坂さんがうらやましいけど、妬む気持ちはない。けれど、ふとしたきっかけで恨みごとめいたことを言ってしまうんじゃないかと自分が信用できなかった。

あたりさわりのない挨拶を交わしてから、穂坂さんは「一緒にごはんでもしませんか？」と思い切ったように言った。

「え？　ごはん？」

意外な誘いに、わたしはすっとんきょうに聞き返した。なんで？　なんでわたしとごはんを食べたいの？　なんのために？　わたしなんかと？　ほんとに？　いいの？　頭のなかの小さなわたしがうろたえている。

「ようやく仕事に慣れてきて、そうしたら人恋しくなっちゃって。友達とごはん食べたりしたいなあって」

友達、とそこだけが高らかに響いた。

「食べましょう！」

穂坂さんの気が変わらないうちに、わたしは勢い込んで答えた。

「珍しい」戻ってきた香波さんが言う。「あんたにも電話かけてくる人がいるのね。元ダンナだったら引くけど」

「友達」

わたしは張り切って答えた。

「友達が、一緒にごはん食べようって」

「へ、へえ」

わたしの申し出を察知したのか、香波さんはすっと目をそらす。

「お金を貸してください。あと五千円、いや三千円でもいいから」

絶対返すから、とあてもないのに勢いで言ったとき、わたしと香波さんが同時に、貸し倒れ、という言葉を思い浮かべたのを感じた。


日曜日の正午に、すすきのの駅ビルの入口で待ち合わせをした。

穂坂さんはじめて会ったときと同じ白いワンピースを着ていたけど、髪をゆるく束ねているせいで幽霊っぽさは半減していた。

「せっかくのお休みの日にすみません」

そう笑いかけられ、やっぱりわたしがいまだに無職でいるとは思っていないのだと悟った。気まずい雰囲気になるのが嫌で「いえいえ」とあいまいに返したら、彼女を騙しているような後ろめたさを覚えた。

「どこに行きましょうか。おすすめのお店はありますか？」

そう聞かれ、とっさに「安いところで」と答えてしまった。仕事が見つからないことをどう伝えればいいのか考えていたせいで、口が無防備になっていた。

穂坂さんはきょとんとしている。

「あ、ごめんなさい。ちがうんです。いや、ちがわないんですけど、わたしいまちょっとお金があまりなくて」

「じゃあ、よかったらわたしのうちでごはん食べませんか？　わたし料理が好きだし、冷蔵庫の食材を使っちゃいたいので」

「え、でも」

「お部屋を紹介してくれたお礼もしたいし、暮らしぶりも見てもらいたいし。ね、そうしましょう」

紹介したのはわたしではないのだけど、本気で誘ってくれているのが感じられ、甘えることにした。穂坂さんの住むマンションは地下鉄の駅ひとつ分、歩いて十五分くらいだ。

「実はわたしまだ仕事が見つからないんです」

歩きはじめてすぐ、わたしはひと息で告げた。結局、ありのままを言うしかなかった。後ろめたさが消えたと同時に、ためらいの針がぶんっと振りきれた。

「いくつか応募したんですけど、どこも採用してくれないんです。ほとんど書類で落ちちゃって。いま人手不足らしいのに、あれ、東京だけなんでしょうか。いえ、きっとわたしに問題があるんですよね。わたし、いままでちゃんと働いたことがないんです。できることもやりたいこともないし、パソコンもメールとネットくらいしかできないんです。それに、わたしって暗くないですか？　性格とか人間性にも問題があるのかもしれません。この先も仕事が見つかる予感がまったくしないんです」

勢いに任せて、離婚してから現在に至るまでを一気にしゃべった。こんなにしゃべったのはひさしぶりで、しゃべり終わったときには息切れがしたほどだ。

数秒のあいだ穂坂さんは口を半開きにし、言葉を発しなかった。わたしがしゃべり終わったことに気づくと、慌てたように「いえ、そんな」と言った。

「そんなことないですよ。全然、そんなことないです」

全力で否定してくれたけど、「そんなことない」のはどの部分だろう。

「いいんです。自分でもわかってますから」

わたしは笑ってみせた。卑屈な笑みになっていないか気になった。

「あっ」

小さな声をあげ、穂坂さんが足を止めた。

彼女の視線は道路の向こう側に向けられている。ビジネスホテル、コンビニ、花屋。歩行者はまばらだ。

一点を見つめる穂坂さんは緊張した面持ちだ。コンビニの前に立つ人を見ているらしい。やがて、瞳から力が抜けるのが見て取れた。

「どうしたんですか？」

わたしが聞くと、「え？」と気の抜けた声を出した。

「知ってる人ですか？」

コンビニの前にはキャリーケースを持った観光客らしい夫婦がいる。

「ちがいますちがいます」

必要以上に強く否定し、穂坂さんは歩きだした。居心地の悪い沈黙がわたしたちのあいだに挟まっている。

「ほんとにちがうんです。ごめんなさい」

やがて穂坂さんがぽつりと言った。

「一瞬、両親に見えちゃって。全然似てないのに」

コンビニを振り返ると、入口前にまだ夫婦が立っていた。

「罰があたる、って言われちゃって」

「え？」

「このあいだ家に電話したんです。ふたりとも心配してるだろうなあ、と思って。そうしたらお母さんに、親を捨てて出ていくなんて罰があたる、って言われちゃって」

わたしは言葉を見つけられず、沈黙を埋めるために「そんな……」と意味のないつぶやきを返すことしかできなかった。

穂坂さんが再び口を開いたのはマンションに入る直前だった。

「一方的に電話を切ったんです」

さっきの話の続きのようだ。

「お母さんはなにか言いかけてたんですけど、それ以上ひどいことを言われるのが嫌で、わたし電話を切っちゃって。でも、お父さんとお母さん、大丈夫かなあ、生きていけるかなあ、って心配で。やっぱりわたしひどいことしちゃったなあ。せめて、ちゃんと話し合ってから家を出ればよかった、って。そんなこと考えたら眠れなくって」

すぐに仕事が決まった穂坂さんはひとり暮らしを謳歌しているだろうと、なんの疑問もなく思い込んでいた。彼女がどんな思いを引きずって札幌に来たのか想像もせず、穂坂さんはいいなあ、強いなあ、と頭の浅いところでうらやましがっていた自分が情けない。

「え?」ドアの前で穂坂さんが声をあげた。「鍵がない」

バッグをまさぐり、ワンピースのポケットに両手を入れ、またバッグをかきまわす。

「どうしよう。落としちゃったのかも」

「最後にバッグを開けたのはどこですか?」

「……たしか、駅ビルのトイレ」

待ち合わせた駅ビルまで戻り、トイレを見た。鍵はない。届けられてもいないし、最寄りの交番にもなかった。

「罰があたったのかも」

穂坂さんがつぶやく。

「罰？」

「お母さんが言ったとおりかもしれない。親を捨てたから罰があたったのかもしれない。だから、うちに入れなくなったのよ」

せっぱつまった表情だ。

「そんなわけない」

「いいえ、そうよ。だって普通、親に黙ってうちを出たりしませんよね。わたし、ひどいことをしたんです。だから、鍵をなくしたのよ。いままで鍵をなくしたことなんか一度もなかったのに。部屋に入れないってことは、親のところに帰れってことなのかもしれない」

おっとりとした印象の穂坂さんが、こんなに後ろ向きで思いつめた考えをすることに衝撃を受けた。

暴走する思考を止めたくて、わたしは声を張りあげた。

「大門不動産に行きましょう。ここからすぐだし、スペアキーがあるかもしれません。いえ、絶対あります」

わたしは穂坂さんの手を握り、ぐいぐいと歩きだした。

大門不動産のドアを開けると、正面のカウンターにも、その奥のデスクにも誰もいない。またた。よりによってこんなときに。怒りと焦燥に駆られながら、すみませーん、と声を出そうと息を吸い込んだとき、「どうしたのさ」と聞き覚えのある声がかかった。左側に首をねじると、ソファセットに母がいた。スパンコールがついた黒のタンクトップからたくましい腕を出し、その手にはアイスバーがあった。

「なんでお母さんがここにいるの?」

ほとんど怒鳴るようにわたしは聞いた。

「アルバイト」

母はつらっと答え、「あずきバーあるよ。食べるかい?」と聞いてきた。

「アルバイトってなんの?」

「見ればわかるっしょや。店番だよ。シンちゃん仕事で出かけたから」

ソファにふんぞり返り、あずきバーを食べながらの店番。答えは予測できたけど、念のために聞いてみる。

「お母さん、不動産の知識あるの?」

「あるわけないっしょ」

即答した母は、あはははは！　と笑い、垂れそうになったあずきバーを慌てて舐めた。

「お客さん来たらどうするのよ」

「シンちゃんの名刺渡して、ここに電話して、って言うに決まってるしょや」

「それだけ？」

「五時すぎに戻ります、とも言うね。あれ、六時だったっけか。忘れちゃった。あははははは！」

「それでバイト代もらえるの？」

「あたりまえでしょや。タダで働くわけないしょ。時給二千円」

「高くない!?」

「嫌なら頼まなきゃいいんだよ。で、なにしに来たのさ」

母の視線がわたしの背後に流れた。振り返ると、穂坂さんが戸惑った表情を浮かべている。

わたしと目が合うと「お母さん？」と小声で聞いてきた。

「はいはい。いらっしゃいませ。どうぞお座りください。で、今日はどんなご用件で？」

ソファにふんぞり返ったまま、母がとってつけたように言う。

わたしと穂坂さんが座ると、母は店の奥からあずきバーを持ってきてくれた。

「鍵をなくしちゃって……」わたしが話しだした途端、「もういいんです！」と穂坂さんが顔を覆って泣きだした。

穂坂さんが泣きやむまでしばらくかかった。そのあいだ、わたしはかける言葉をひとつも探せず、母は「あずきバーが溶けちゃうしょや」と文句を言い、冷凍庫にしまいに行っただけだった。

嗚咽がおさまった穂坂さんは「もういいんです」と再び、今度は静かに口にした。

「なにがいいのさ。全然いいと思ってないくせに」

あははは！ と笑い声が出る寸前のおもしろがる口調で母が言う。わたしが睨みつけても気づかない。

穂坂さんは母を見て、すぐに視線を落とした。また、母に目を戻して「わたし、全然いいと思ってないと思いますか？」と訊ねた。

「うん！」

母は子供のように無邪気に答えた。

穂坂さんは沈黙を挟んでから、両親を置いて札幌に来たことを話しだした。両親が働かないこと、居酒屋に通いつめていること、ずっと両親を養ってきたこと、母親に電話で責められたこと。「……でも、ほんとうは」と声を絞り出した。

「……わたし、ほんとうは親のことなんてどうでもいいのかもしれません。親のことを考えてるふりしてるけど、好きじゃないのかも……ううん、嫌いなのかも。わたし、ほんとうは自分のことしか考えてないんです。自分さえよければいいんです。親なんてどうでもいいんです。こんなひどい人間だもの、罰があたって当然ですよね」

穂坂さんが口をつぐんだ途端、

「罰だって！　あははは！」

母が笑いだした。

「そんなんでいちいち罰があたってたら、いくら罰があっても足りないわ！」

母の無神経さに、怒りを通り越して泣きたくなった。この人はこんなにもデリカシーがないのか。いつでもどこでも誰にでも、感じたことをそのまま垂れ流すのか。母に他者への想像力がないのは知っていたけど、家族以外にはもう少し配慮するのかと思っていた。

隣の穂坂さんをうかがうと、魂を抜かれたような顔で母を見ている。数秒ののち、母の言葉がようやく脳に届いたように、「そんなんで？」とつぶやいた。

「罰があたる理由がわかんないわ！」

母はまだ笑っている。

「だって、わたしは自分勝手に札幌に来て……」

「自分の人生だもの、自分のこと考えるのはあたりまえでしょや！　自分のことも考えられない人間が、他人のこと考えられるわけないっつーの！」

「でも、わたしはお父さんとお母さんを捨てて……」

「捨てればいいしょや」

笑いながらもきっぱりと言う。

「そんな……だって、自分の親ですよ。家族ですよ」

「家族なんて、あってないようなものでしょや」

「あって、ないようなもの？」

穂坂さんと同じ言葉を、わたしは声には出さずにつぶやいた。

「罰とおんなじだって。あると思えばある、ないと思えばない。家族なんてしょせん他人の集まりだからね」

「家族って他人ですか？」

穂坂さんの声に抗議する音が混じった。

「家族だからつながってるような気になってるけどさ、別々の人間だからね。それに、血がつながってるからって、頭んなかがつながってるわけじゃないからね。家族がなに考えてるかなんてまったくわかんないっつーの。わたしだって」と母はわたしを指さし、「この子のことわかんないし、この子だってわたしのことわかんないだろうし」

「ほんとわかんない」

思わず口にしていた。

「子供のときからお母さんのこと全然わかんない。ノーリーのことも香波さんのことも全然わかんない。出ていったお父さんのことも全然わかんない。みんなのこと好きじゃなかったもの。早くうちを出ていきたかったもの」

自分からあふれた言葉を水のように感じた。高いところから低いところへ流れていく、混じりっ気のないただの水。そこに怨みや憎しみの感情はなかった。

あはははは！　と母が笑う。

「ほらね。家族を嫌ったり避けたりするのは悪いことじゃないって。気の合わない人とつきあえないのと同じだって。わたしなんて、家族みんなに嫌われてるからね。離婚したお父さんなんて、わたしのこと、能天気に明るすぎるから一緒にいるとまぶしすぎて疲れる、って言ったからね」

わたしは疲れなかったけどさ、と言って「あずきバー持ってくるわ」と立ち上がった。そのときの母が少し照れくさそうに見えた。

「玉瀬さんは、お母さんのことが嫌いだったんですか？」

穂坂さんが遠慮がちに聞いてくる。

「嫌いというより、苦手だった気がします。んー、でも、やっぱり嫌いだったのかな」

過去の自分の気持ちがつかめない。

大門不動産のカウンターのなかに並んで座り、コンビニ弁当を食べている。大門は仕事が終わりしだい、別の不動産会社に行って穂坂さんの鍵を持ってきてくれる。母は、わたしたちに店番を託すと帰ってしまった。母のことだ、バイト代はちゃっかりせしめるつもりだろう。

「どうしてですか？　おもしろいお母さんなのに」

「子供からすると、たぶんそのおもしろいところが嫌だったというか……」

答えながらも、ほんとうにそうだったのか自信がない。

「いまは嫌いじゃないいんですよね？」

嫌いじゃない、と思う。でも、好きとも言いきれない。かといって、好きでも嫌いでもない、というのもちがう。

「わかりません」

正直に答えた。

「わたしも」

穂坂さんが続く。

「わたしもほんとはよくわからないです。でも、わからなくていいやって吹っ切れました」

言おうかどうか迷って、わたしにしては珍しく言うことにした。

「前に穂坂さん、言いましたよね。名前をつけてくれたときのことを想像する、って」

「はい」と穂坂さんはほほえむ。

「わたし、澪子っていうんですけど、いくつかの候補から両親が相談してつけたらしいんです。でも、特に意味はないって子供のころに聞かされてがっかりしたのを覚えてます」

「あ、でも、きれいな名前ですよね」

穂坂さんがフォローしてくれた。

このあいだ、「澪」の意味を調べてみた。そうしたら、船の水路や航跡という意味があることをはじめて知った。水路、航跡。行く道、来た道。そのときわたしは、自分の名前に励まされているように感じ、「澪子」でよかった、と思った。穂坂さんに言うつもりだったけど、結局恥ずかしくなってやめた。

——わたしなんて、家族みんなに嫌われてるからね。

さっきの母の言葉を思い出す。

ショッピングセンターのベンチにひとり座っていた母。わたしが嫌がるだろうからと、家に帰ってこなかった。離婚したことにもふれてこない。デリカシーがあるのかないのか、わからない人だ。

「おもしろい人だなあ」

ひとりごとが漏れた。

結局、穂坂さんの鍵は化粧ポーチのなかから出てきた。何度も頭を下げる穂坂さんと別れたのは、夜の七時すぎだった。

家に帰ると、玄関の前に人影があった。ドアに耳をあてたかと思うと、携帯を操作し、ドアから離れて二階を見上げて、と明らかにあやしい。中肉中背の男だ。

強盗か泥棒の可能性が頭をよぎったけど、男の仕草はどこかびくついて見えた。

「なんでしょう」

背後から声をかけると、男は「きゃっ」と少女のような声を出した。が、振り返った顔はおじさんだった。

「あ、すみません」と男はあやまり、「すみませんすみません」と続け、「どちらさまでしょうか」とこっちが聞きたいことを聞いてきた。

「このうちのものですが」

「妹さんですか!?」

「え？」

「香波の、香波さんの妹さんですか？」

男は勢いづいた。

わたしが答える前に、「香波さんはいますか？　いますよね？　こちらにいますよね？」と畳みかけるように聞いてくる。

「電話しても出てくれなくて、メールもラインも無視されて。どうしても香波さんとお話がしたいんです」

香波さんを家政婦扱いした男じゃないかと思いついた。名前はたしか……だめだ、覚えていない。

「わたし、大野といいます」

そうだ、宅配便の送り状にそう書いてあった。

「香波さんと結婚する予定だったんですが、なんというか、ちょっと行き違いがあったようで……。香波さんを呼んでいただけないでしょうか。お願いします！」

「はあ」

想像していた男とイメージがちがいすぎる。香波さんの話では、えらそうにふんぞり返った高飛車な男のはずだった。

香波さんは居間でテレビを観ていた。母はまだ帰っていないらしい。

「おかえり。カレーあるよ」

わたしをちらっと見て言う。

テレビにはゆめ乃が出ていた。夕方のローカル番組ではなく、全国放送のグルメ番組だ。わたしが気づいたことを察して、「この女、全国に進出しやがった」と香波さんは憎々しげに言った。

「あのさ、大野さんっていう人来てるよ」

えっ、とものすごい勢いでわたしを向いた香波さんは、目尻が一瞬でつり上がったように見えた。

「香波さんと話がしたいんだって。いま、外にいる」

「やだね」

「え?」

「話すことなんかないね。そう伝えて」

そっけなく言うと、テレビに向き直った。

玄関のドアを開けると、期待に目を輝かせた大野の顔があった。餌を前に、ぶんぶんとしっぽを振る大型犬みたいな顔だった。わたしを認めると、一転して落胆の表情に変わった。

「話すことなんてないそうです」

「そんな」

大野は泣きそうな顔になる。

「僕が悪かった、と伝えてください。もう一度チャンスをください、と」

「でも……」

「お願いします。会ってくれるまでずっとここにいます」

わたしは居間に戻って、そのとおりに伝えた。

「僕が悪かったのは言われなくてもわかってるのよ。いまさらなによ、気持ち悪い。そう伝えて」

さすがに「気持ち悪い」とは伝えられないので、全体的にやんわりとした言い方に変えることにした。

「もう遅い、と姉は言っています」

「そんなことはないと思うんです。直接会って話せば、きっとわかってくれるはずです」

食い下がる大野にも、メッセンジャーをやらされることにもうんざりしてきた。思い切ってはっきり言おうと決めた。

「あの、姉に嫌われてると思うんですけど」

「それでも僕は香波さんが好きです」

そう即答した大野をわたしはまじまじと見つめた。毛穴の目立つごつごつした顔に眼鏡をかけ、頭髪はひよひよと頼りない。

「嫌われても好きなんですか？」

わたしがそう聞いた直後、大野はどさっと崩れ落ちた。

「えっ」

「お願いします！」

ちがう。大野は土下座をしている。

「あ、ちょっと」

わたしは反射的に腰を低くした。

「お願いします！　香波さんが会ってくれるまでずっとこうしています！」

大野は額を地面に押しつけて言った。

目の前で土下座をされると、これほどまでにうろたえるのか。このあいだ香波さんが土下座をしたとき、あの母がぽかんとしていたことを思い出した。

とにかく一刻も早くこの場から逃げ出したい。

わたしは「香波さーん、香波さーん」と連呼しながら居間に戻った。

「なによ」

「あの人、外で土下座してる」

えっ、と香波さんは腰を浮かしかけた。

「香波さんが会ってくれるまで土下座してる、って言ってる。わたし出かけるから、あとは自分たちでやって」

わたしにしては珍しく香波さんの返事を待たずに家を出た。土下座したままの大野の前を、「失礼します」と小声で言いながら小走りで通り抜けた。

なんなんだ、あの人は。そうつぶやいたら、いまになっておかしくなってきた。四十六にもなって、「好きです」なんて恥ずかしげもなく言える熱量と必死さが少しうらやましい気もした。

時間を潰そうとショッピングセンターに向かっていると、向こう側から母が歩いてきた。

「焼肉食べてきた」母は機嫌よく言った。「シンちゃんのごちそうで」

「送ってもらわなかったの？」

「シンちゃん、ビール飲んだからね。タクシー代もらったから、タクシー乗るふりしてＪＲで帰ってきたさ。あははは！」

機嫌がいいのは、焼肉よりもタクシー代を浮かせたことによるのかもしれない。

「シンちゃんがさ、あんたがまだ仕事決まってないことにびっくりしてたよ。人手不足なのに珍しい、って」

「わたしもそう思う」

不思議と腹は立たなかった。

「シンちゃんのところも人を探してるんだって。シンちゃん、ああ見えてけっこうずけずけ言うから、みんな辞めてっちゃうんだよね。仕事見つからないならうちでバイトしないか、って言ってたよ」

「ほんとに？　時給二千円で？」

「それはわたしだから特別待遇なんでしょや」

「ですよね」

わたしは、大門不動産で働く自分を想像した。意外なことにスムーズに思い描くことができた。来客のないひっそりとした店のカウンターに座っているところ。床にモップをかけ、デスクやカウンターを水拭きしているところ。たまの来客にどぎまぎしているところ。持参した弁当をひとりで食べているところ。あまりにもくっきりと浮かんで驚いた。けれど、それはまだしてはいけないひとっ飛びのような気がした。

「もうちょっと自分で探してみる」

考えがまとまるより先にそう口にしていた。

「あっそ。ところで、あんたどこ行こうとしてたのさ。こんな時間に行くとこあるのかい。珍しい」

母の言葉で思い出した。

「いま、帰らないほうがいいかもしれない」

わたしが大野のことを話すと、母は「え！　なにさそれ！」と狼狽した。

「その男が包丁とか持ってたらどうすんのさ！　逆上して香波になんかするかもしれないしょや！」

叫ぶように言うと、母は猛スピードで走りだした。そう見えたのは錯覚で、実際には足を引きずるようにぼてぼてと早足になっただけだった。腰が丸まっている。地面を蹴る力がない。後ろから見ると、母はものすごくお婆さんだった。一気に二十も三十も歳をとってしまったようだった。

えらそうで、がめつくて、あははは！　と大事なことも笑い飛ばす母が歳をとってしまったことがかわいそうで、取り返しのつかない光景を見ている気になった。わたしと同じように母も、「ちょっと」をつなげただけで、こんな歳になってしまったんじゃないだろうか。

あっというまに歳をとったことに、母も戸惑っているんじゃないだろうか。

「大丈夫だって。ちゃんと鍵かけてきたし、そんな人じゃなかったから」

お婆さんの後ろ姿を見たくなくて声をかけた。

「そんなのわかんないしょや！」

一生懸命走っているつもりなのだろう。必死な後ろ姿なのに、わたしとの距離は一向に離れない。

「あんた、ここでなにやってんのさ！」

母の怒鳴り声が響いた。

家の前では大野がまだ土下座していた。

6

マコはやっぱり幸せの青い鳥だったのかもしれない。

切れたチェーンを直し、ひさしぶりにマコの羽根を身につけた次の日、面接に来てほしいと二社から連絡があった。一社がホームセンターのレジ係で、もう一社が健康食品会社のコールセンターだった。面接に行くまではホームセンターがいいと思っていた。時給は百円安いけど、何度か行ったことがある店で、親近感と安心感があった。

面接は、バックヤードにある小部屋で行われた。面接官はユニフォームを着た四十前後の男で、やつれて覇気がなく、ひどく疲れて見えた。そんなに大変な仕事なのだろうかと不安になった。仕事内容の説明はため息混じりで、ぼそぼそとして聞き取りにくい。でも、説明するということは採用してもらえる可能性があるのではないか。そう前向きに考えたとき、部屋の外から女の大きな声がした。

「まったくあの新人、使えないったらありゃしないよ。注意したらすぐに泣くしさ。あんなの邪魔なだけで、いないほうがマシだよ。ちょっとあんた、マネージャー知らない？　さっきから探してるんだけど、いないんだよ。ったく、どこ行ったのさ。今日こそはっきり言ってやらないと」

面接官はまるで気配を消すかのように押し黙り、動きを止めた。呼吸さえも止めたように見えた。

「もっと使えるバイト入れろって何回も言ってるのにさ。……あ、ちょっとあんた、あんたよ、あんた。マネージャー見なかった？」

女の声が完全に聞こえなくなってから、面接官はほっと息をほどいて、作り笑いを浮かべた。

「ははっ。根はいい人ですから」

絶対無理だと思った。

家に帰ったとき、わたしはまだ高揚感のなかにいた。

ホームセンターのあとに行った健康食品会社の面接で手応えが感じられたのだ。「いつから働けますか？」「続けられそうですか？」なんて採用を考えているから聞いたのではないか。

大きな会社ではない。札幌の中心部から離れた古いビルのワンフロアだ。社員は十名で、アルバイトは三名。そのこぢんまりとした規模がわたしに向いている気がしたし、面接の印象からアットホームな職場ではないかと想像できた。面接官は、ホームセンターのマネージャーと同世代の男だったけど、彼とは対照的にはつらつとしてにこやかだった。お茶を出してくれた若い男も礼儀正しかった。なにより大切に扱われている感じが嬉しくて、ここで働きたいと思った。

「ちょっと！　ちょっと！　澪子、聞いてよ！」

居間に入ったわたしを、わたしよりハイテンションな香波さんが迎えた。昭和をイメージさせる花柄のエプロンは、カラオケ喫茶で母が使っていたものだろうか。

たぶん香波さんは大野とよりを戻した。本人は、まだ保留中、と言ってるけど、頻繁に会っているようだし、最近の香波さんはピンクがかったオーラをまとっているように見える。

あの夜、家の前で土下座している大野を母は罵倒し、追い返そうとした。すると、母の大声におびき寄せられたように香波さんが家から出てきた。ぱっと顔を上げた大野に、ちょっとだけなら話を聞いてやってもいい、と香波さんは冷たく言い放ち、彼を従えて歩いていった。その後、なにがあったのか詳しいことは知らない。香波さんから聞いたのは、大野が半泣きになりながら、料理も掃除も洗濯もなにもしなくていい、ただ存在してくれるだけでいい、と言ったということだ。

それなのに、逆に香波さんはごはんをつくったり、掃除や洗濯をしたりするようになったから不思議だ。

「今日ね、すすきのでノーリーを見かけたの。もうほんとびっくりしたわよ！　びっくりよ、びっくり！　なんでだと思う？」

「そのことなら知ってる」

冷蔵庫から麦茶を出しながら早口で答えた。ノーリーの話なんかどうでもいい。面接の手応えを話したくてそわそわしていた。

「え？　知ってる？」

「メイドカフェでしょ？　あのね、ノーリーはメイドカフェに客として行ってるんじゃなくて、そこで働いてるの。調理係だって」

「……メイドカフェってなに？」

「あ、じゃあライブハウス？　アイドルのこと？　わたしも最初、びっくりした。あのノーリーがアイドルオタクなんて」

麦茶を一気飲みして振り返ったら、

「ノーリー、彼女いるみたい」

香波さんがひと息に告げた。

「嘘でしょ！」

「わたし見たのよ、すすきので。ノーリーが女の子と腕組んで歩いてたの。しかも、女の子よ、女の子。女じゃないの、子よ、子。若くて、けっこうかわいい女の子。もうね、びっくり以外の言葉がないわよ」

嘘でしょ、と繰り返すことしかできなかった。

「大丈夫かしら」

香波さんがぽつりと漏らす。

「大丈夫、って？」

「騙されてるんじゃないかしら」

「騙される、って？」

「お金が目的なんじゃないかしら」

どこかで聞いた科白だと思ったら、大門に対してわたしたちが言ったことだった。

「宝石買わされたり、壺買わされたりしないかしら」

そんな大金をノーリーが持っているとは思えない。でも、ノーリーのことは昔から理解できない。

「で？」

「え？」

「メイドカフェとアイドルってなによ」

「あ」

とっさにごまかせる頭があればまったく別の人生を歩んでいただろう。わたしは正直に、知っている限りのことを伝えた。

香波さんは驚きはしたけど、若くてかわいい彼女がいることよりは衝撃が少なかったようだ。

「とりあえず行ってみない？」

「どこに？」

「メイドカフェに決まってるでしょ」

「なんで？」

「メイドカフェの女かもしれないでしょ。確かめるのよ」

香波さんは鼻息が荒い。

「えー。やめようよ」

「なんでよ。ノーリーの彼女、見たくないの？」

「見たい、けど」

ふたりで言い合っていると、玄関で音がした。

急いで居間を出た香波さんに続くと、ノーリーが帰宅したところだった。わたしたちの姿を認めて、くちびるが「お」の形をつくる。

「ノーリー！　ちょっと聞きたいことがあるんだけど、今日さ……」

勢い込んだ香波さんの声が不自然に途切れた。

ノーリーの後ろに女がいる。デニムのワンピースに、ピンクのリュック。女と、女の子のあいだくらいだ。香波さんが言っていた子だろうか。

数秒の沈黙ののち、「あーら、いらっしゃーい」と香波さんがかん高い声をあげた。

「ノーリーがお客さまを連れてくるなんて珍しいわね」と笑いかけ、「あがってあがって」とスリッパを用意しながら愛嬌をふりまく。

女の子は無言でひょこっと頭を下げ、わたしと香波さんに素早く視線を投げてから目を伏せた。

「部屋に行く？　それとも居間？　ノーリーの部屋は汚いから居間で過ごせば？」

「部屋に行くのだ」

ノーリーはいつもどおりだ。

「あらそう。じゃあ、あとでお茶とケーキ持っていくから、ゆっくりしてってね」

「しばらく泊まるのだ」

「え？」

「しばらくうちに泊まるのだよ」

ノーリーはおきまりのにやにや笑いを浮かべている。

香波さんの無遠慮な視線を感じたのか、女の子は両手でリュックの肩紐をつかんだままひょこっとまた頭を下げた。黒くてつやのある髪がさらさら流れた。

「泊まる？　泊まるの？　うちに？」

香波さんは地声に戻っていた。

女の子は伏し目がちだけど、照れている表情ではない。むしろ少しも動じていないように見える。つやつやと輝く黒い髪、すべらかな白い肌。まっすぐな背骨と長い首。わたしの前を横切った彼女からふわりと甘い香りがした。自然で控えめな香りはシャンプーだろう。わたしが同じシャンプーを使っても、こんなふうにいい香りにはならない気がした。

しんせんしんせん、と頭のなかで音楽が流れだした。しんせんしんせん、みんなでたべれば、しあわせしあわせ、やさいにくだもの、おにくにおさかな、しんせんしんせん……。食料品売り場のBGMだと気づく。

彼女はみずみずしかった。体じゅうの細胞が清冽な水をたっぷりと含んでいた。圧倒的な若さに、わたしはたじろいだ。

「あの子よ。わたしが見た子。ノーリーと腕を組んでた子」

ふたりが消えた階段を見上げながら香波さんがささやいた。

「……黄色だ」

「黄色？」

マッシュルームキックの黄色の子。ノーリーが推している子、花音だ。

「あの子、高校生ってことないわよね」

香波さんは呆然と言う。わたしも考えていたことだった。

香波さんに言われてケーキを買って戻ると、母が帰ってきていた。ふたりはどちらがケーキを持っていくかで揉めていた。

不審げな香波さんに対して母は浮かれている。

「ノーリーはやさしいから意外とモテるかもしれないよ」

「モテるわけないでしょ」

「なんでさ。失敗ばっかりしてるあんたになにがわかるのさ」

「お母さんは昔からノーリーには甘いのよ」

「どうする！　ついに！　孫ができたりして！」

そう言って、あははは！　と上機嫌に笑う。

結局、ケーキは香波さんが持っていき、夕食のカレーを母が持っていくことになった。けれど、どちらも期待した成果は得られなかったらしい。ケーキは「そこに置いといてほしいのだ」とドアの向こうから声がかかり、カレーは「食べてきたからいいのだ」とこちらもドア越しに言われただけだった。

「ふたりきりでなにやってんのよ」と香波さんはいらいらし、母は「あははは！　いやいや、参るねー」と笑ってばかりだった。


次の朝、まるで申し合わせたように、母、香波さん、わたしの三人が食卓に集まった。香波さんは張り切って大量のサンドイッチをつくった。

「遅いわね。なにやってんのかしら」と香波さんが言ったけど、まだ八時前だ。

「ノーリーもついに一人前になったんだねえ」

母がしみじみと言う。

「昔からお母さんは、ノーリーのことになると大げさなのよ。なんで彼女を連れてきたくらいで一人前扱いするのよ。だいたい、彼女かどうかもわからないわよ。なにか魂胆があるのかもしれないし」

わたしも香波さんと同じ意見だ。アイドルをやっているほどのかわいい子が、ノーリーとつきあうなんて信じがたい。

「昔からあんたは、自分以外の人には厳しいよね。自分に甘く、他人に厳しいってやつだ。いちばんだめなやつだ」

あははは！　と母が笑い、香波さんの怒りのスイッチが入った。

「わたしはほんとのことを言ってるだけです。お母さんがノーリーに甘すぎるんです。ノーリーが大学に行くって嘘ついたこと忘れちゃったんですか？」

「いやあ。あれには参った！」

母は上機嫌を崩さない。

「参ったじゃないわよ。入学金を騙し取ったのよ。詐欺みたいなもんじゃない」

「じゃあ、あんたは返してくれたっけ？」

「なにをよ」

「入学金とか仕送りとか、あんただって返してくれないっしょや」

香波さんは喉を詰まらせた顔になった。

「だ、だって、わたしはちゃんと学校に行ったもの。嘘なんかついてないもの」

「でも、あんた東京行くとき、世界的なアーティストになる、って言ったしょや」

香波さんはなにか言おうと息を吸ったけど、金魚のように口がぱくぱくしただけだ。

「だから、あんたもノーリーもたいして変わんないしょや」

「ち、ちがうわよ。全然ちがうわよ。ノーリーなんか、ノーリーなんかね、そうよ、ずっと行方不明で家族に心配ばっかりかけて」

「あんた、全然心配してなかったしょや」

「わたしなりにしました」

即答した香波さんに、いままでのわたしなら、嘘ばっかりと思っただろう。けれど、実家に戻って四ヵ月が過ぎたいまは、香波さんは香波さんのやり方でほんとうに心配したのかもしれないと思えた。

「ノーリーはたまにお金送ってきたよ。三千円とか五千円とか」

「嘘でしょ」

「嘘じゃないよ。二、三年に一度くらいだったけど。元気なのだ、って書いてあるから、元気なんだなあって思ったしょや」

「なによ、それ。そんな話聞いてないわよ。澪子、知ってた?」

香波さんに睨まれ、わたしは慌てて首を横に振った。

「ノーリーよりあんたたちのほうが連絡寄こさなかったしょや。わたしから見れば、あんたたちのほうが行方不明みたいなもんだったよ」

返す言葉のない娘たちを気にすることなく、母はすました顔でコーヒーを飲んでいる。

ノーリーのことを話題にするのは家族のタブーだとずっと思っていた。不吉で、恥で、隠すべき存在だと、そう決めつけていた。わたしがいままで見ていたものはなんだろう。見なかったものはなんだろう。ほかの誰より自分のことが信じられなかった。

「えっ」

いきなり視界に現れたものに声が出た。

バスタオルを巻いた女の子が流し台の横に立っている。シャワーを浴びたばかりなのだろう、顔は上気し、高い位置でまとめた髪から水滴が垂れ、首や肩も濡れている。

母と香波さんが同時に後ろを見て、そのまま固まった。

「あ、あれ？」

女の子も魔境に放り込まれたような顔をしている。

「あんた、ドアまちがえたんでないの！」

そう言って母が大笑いする。

実家の脱衣所には、台所から入るドアと廊下から入るドアのふたつがある。彼女は廊下から入って、シャワーを浴び、台所へと出てしまったのだ。

女の子は置かれた状況のわりには落ち着いて見えた。「……まじか」とつぶやき、脱衣所に戻ろうとした。

「サンドイッチあるわよ。ノーリー呼んできて一緒に食べたら？」

香波さんはよそゆきの声を出した。

あー、と女の子の目が食卓の上をさまよう。

「わたし、人のつくったものとか食べれないんで」

そう言って、脱衣所へと戻っていった。

わたしたち三人はしばらくのあいだ、彼女の消えた方向を見つめていた。最初に口を開いたのは香波さんだ。

「なにあれ」

短い言葉に香波さんの不満が集約されていた。

「ねえ。ほんとになにあれ！」

母も同意した。と思ったらちがった。

「なにあのお人形さんみたいな顔！　めんこいんでしょや！　でも、ちょっと痩せすぎだよね」

「挨拶なしよ？　それに、人のつくったもの食べられないってどういうことよ。なに食べて生きてるのよ」

好き勝手にしゃべる母と香波さんになぜか、一家団欒、という言葉が浮かんだ。

もろみ酢、コラーゲン、プラセンタ、にんにくエキス、グルコサミン……。ひとつ覚えると、ふたつ忘れる自分が情けなかった。

初出勤の今日は、一日勉強会にあてられる。緊張と不安もあるけど、それよりも制御不能なやる気と興奮で、がんばろうとすればするほど脳がからまわりする感覚があった。

面接で感じた手応えは錯覚じゃなく、わたしは健康食品会社に採用された。アットホームな印象もまちがいじゃなく、指導係は物覚えの悪いわたしに苛立つことなく、「商品が多いですからね」「最初はみんなそうですよ」とフォローしてくれた。この会社に決まってよかった、と自分のだめさ加減を思い知らされるたび、わたしは思った。

昼休み、パーテーションで仕切られたブースで弁当箱の蓋を開けた。豚肉のしょうが焼きと玉子焼きとブロッコリー。ごはんの真んなかには梅干しがひとつ。お弁当を見ると、なぜか少し落ち着いた。

「お弁当、自分でつくったんですか？」

一緒に採用された真中さんに聞かれた。

真中さんはよくいえばふっくらとした、わかりやすくいえばゴムボールのようにまるまると太っていた。わたしよりひとつ上なのに、太っているせいで皮膚が引っ張られているのか肌がつるんとして若く見える。

「いえ。姉がつくってくれました」

そう答えるのが妙に照れくさかった。

「へえ。いいお姉さんですねえ」

わたしは今朝の香波さんを思い出す。お弁当を渡されて驚くわたしに、香波さんは「あんたは、人がつくったものが食べられるものね。あー、食べてもらえてよかった」と嫌みたっぷりに言った。花音に言われたことを相当深く根に持っているようだ。

「玉瀬さんはお姉さんとふたり暮らしなんですか？」

そう聞きながら、真中さんは巾着袋からアルミホイルで包んだおにぎりを三つ取り出した。おかずはないようだ。

「いえ。母と姉と、兄と……」

そこまで言って、花音を数に入れるべきか考えた。

ノーリーが彼女を連れてきて三日たつ。けれど、台所での一件以来、顔を合わせていなかった。

「……わたしの四人で暮らしてます」

「きょうだいみんな独身？」

真中さんは驚いた顔になる。

「わたしは離婚して、出戻っちゃいました」

そう答えることに抵抗がないことを不思議に感じた。

「わたしも！　わたしも離婚したの」

真中さんは弾けるように言った。

「あ、そうなんですね」

狭いブースに親密感が漂う。

「わたしは実家がないからひとり暮らしだけど」

実家がないという意味を考えていると、「両親とも亡くなったから」と真中さんはどうってことないように言った。

「だからとにかくお金を稼がなきゃならないんだ。ここ、週払いだから助かると思って」

「ですよね」

「でもさ」と真中さんは声をひそめ、まわりをうかがった。「この会社、ちょっと変だと思わない？」

「え？」

「今日の分はお金が出ないなんて、よく考えたらブラックだよね」

顔を近づけ、ささやき声で言う。

「そうなんですか？」

「普通、研修でも給料は出るでしょ」

「研修じゃなくて勉強会ですよね」

「でも、これってどう考えても研修だと思うんだよね」

そういうものなのか。働かないのだから給料が出ないのはあたりまえだと思っていた。それに勉強会は今日だけだから、長い目で見るとささいなことだ。とにかく、目の前のことをひとつひとつやっていく。ひとつ飛びのできないわたしにはそれしかない。

違和感を覚えたのは午後、電話応対のマニュアルを読んでいるときだった。やけに顧客のプライベートに関する質問事項が多い。

〈Q．ひとりで暮らしていらっしゃるんですか？〉〈A．ひとり暮らしの場合↓それじゃあ、心細いこともあるでしょう。いま、困っていることはありますか？〉〈A．同居人がいる場合↓家族構成を聞く。できれば名前や年齢など詳しく〉

「どうしてこんなことまで聞かなきゃならないんですか？」

真中さんは不信感を露わにして訊ねた。わたしも同じことを聞きたかった。

「お客さまのお役に立つには、まずはお客さまのことを知らなければならないからです」

指導係は、面接をしてくれた人だった。面接のときと同様、自信にあふれた笑みを崩さない。

「健康食品を売るのに、持ち家かどうかとか、子供や孫のこととか必要なんですか？」

「お客さまに寄り添うためです」

「じゃあ、預金額ってなんですか？　なんで預金額まで聞かなきゃならないんですか？」

「お客さまの経済状況に合わせた商品をおすすめするためです」

「そんな必要ないと思います。おかしいです。ねえ」

同意を求められた。

おかしいと思う。でも、指導係の言い分にも一理あるんじゃないかとすがるように思う自分もいる。わたしはどきどきして、答えることも真中さんの視線を受け止めることもできなかった。目を合わせなくても、真中さんの顔に失望と軽蔑が浮かぶのがはっきりと感じられた。

「我が社の経営理念は午前中に説明しましたね。玉瀬さん、覚えてますか？」

「あ、はい」

「では、言ってみてください」

「お客さまは家族、です」

「そうです」

指導係は満足げにうなずいた。

「家族なのだから、すべて知ることがあたりまえだと思いませんか？」

パーテーションで区切られたスペースが四方から狭まってくるように感じられた。コールセンターは別の部屋にあるらしく、パーテーションの向こうは奇妙に静かだ。ときおり思い出したように電話が鳴り、ぼそぼそとくぐもった話し声が聞こえるだけだ。

「それに、我が社はスタッフも家族だと考えています。ですから、インセンティブもあるし、パートでもボーナスが出るんですよ。お客さまあってのわたしたち、スタッフあってのわたしたちなんです。わかりますよね、玉瀬さん」

指導係と真中さんがわたしを凝視し、答えを待っている。沈黙が酸素を奪っていく。

息苦しくなって、無意識のうちに窓を探した。ない。わたしがいる場所から窓は見えない。けさ、初出勤するわたしを出迎えたのは灰色の陰鬱な空だった。それでも、わたしのためにサンキュー、とノーリーを真似てつぶやいてみたのに。

「家族だからって、すべて知る必要はないと思います」

思考がまとまるよりも先に言葉が飛び出した。

「すべて知るなんてそんなの無理だと思います」

奇妙な沈黙を、「そんなことないですよ」と指導係が破った。

「玉瀬さん、チャレンジする前からあきらめないでください」

ドンマイドンマイ、と言いたげな口調だ。

体からふっとなにかが抜けていく感覚があった。

「わたし、辞めます」

わたしは立ち上がった。

ビルを出たときは、灰色の雲の切れ目から夕方の陽射しが光の針になって射し込んでいた。

真中さんと電話番号を交換して、地下鉄の駅で別れた。就職活動を報告し合う約束をしたけど、真中さんのほうが先に決まるだろうという確固たる予感があった。焦る。でも、絶望的な焦りじゃない。わたし、辞めます。そう言えた自分に少しだけ誇らしさを感じられた。

家に帰ると、香波さんが待ち構えていたように居間から飛び出してきた。

せっかくお弁当をつくってくれた香波さんに、給料ももらわず一日で辞めたことをどう伝えようか、わたしは困った。

「ごめんね、香波さん。お弁当はおいしかったんだけ……」

「ノーリーがいなくなった」

「え？」

意味がよくわからない。

「ノーリーが失踪したのよ」

香波さんはそう言い、「あれを残して」と階段の上へと顔を向けた。

「あれ、って？」

「女よ、女。ノーリーの部屋にいるわ」

ノーリーが失踪したという言葉が、じわじわと頭のなかに染みていった。

「失踪ってどういうこと？」

香波さんは今日、〈メイドカフェもゆるん〉に行き、そこでノーリーが「しばらくいなくなる」という理由で仕事を辞めたことを知ったという。

「なんだ。じゃあ、仕事辞めただけなんじゃないの？」

仕事を辞めたばかりのわたしは、ノーリーに親近感を覚えつつ言った。

「ちがうわよ。さっきあの子に、ノーリーは？　って聞いたの。そうしたら、しばらく帰ってこないって言ってましたー、だって。詳しいことは知らないって言うの。しかもベッドに寝そべったまま、どうでもよさそうに答えるのよ。信じられない」

香波さんとは対照的に、母はのん気に韓流ドラマの録画を観ていた。

「騒ぎすぎだっつーの」

短い足をぶらぶらさせながら言う。

「さっきからこうなのよ」と香波さんがわたしを見る。「全然、心配しないのよ」

「いやあ、なんでこうなるのさ」

急に涙声になり、声を詰まらせたかと思ったら、母はドラマとしゃべっていた。「ホンジュン、ちっとも悪くないしょや」

「お母さん、ノーリーのこと心配じゃないの？」

香波さんはリモコンをつかみ、再生を停止した。

「えーっ。なんで止めるのさ。いま、いいとこなのに！」

「ドラマ観てる場合じゃないでしょ。ノーリーがいなくなったのよ」

「ノーリーなら大丈夫だって。そのうち戻ってくるんじゃないの」

「彼女、置いてっちゃったのよ。どうすんのよ、あの子」

「そんなのあの子が考えればいいしょや」

「他人を住まわせるってこと?」

こんな無責任な行動はノーリーらしくないと思う気持ちと、ノーリーらしいと思う気持ちが半々だった。

「とりあえず、あの子とちゃんと話し合わないとね。澪子、呼んできて」

「えっ。わたし?」

香波さんに追い立てられ、わたしは二階に行った。

ドアをノックする。応答がないから、もう一度ノックし、「あのー」と声をかけると、「はーい」と返事があった。

女の子はベッドに腹ばいになって携帯をいじっていた。ピンクの水玉のタンクトップとショートパンツで、まるでここのうちの子のようにくつろいで見えた。

部屋に散乱していたゴミと衣類は片づけられ、こたつテーブルの上には化粧水と乳液と小さな鏡がある。ノートパソコンがなくなっていることに気がついた。

「ちょっと、下に来てもらっていいかな?」

わたしはおずおずと声をかけた。

「ごはんならいいです」

迷惑そうに答える。

「……じゃなくて」

女の子は携帯を操作していた指を止め、上目づかいでわたしの次の言葉を待っている。

「あの、花音ちゃん、でしょ？　マッシュルームキックの黄色の子」

ノーリーが推していると聞いて、何度も動画を観たから覚えてしまった。笑ってくれなきゃノンノンノン、楽しくなくちゃノンノンノン、元気がなくちゃノンノンノン、と人差し指を振りながらの自己紹介。

「たしか、ハッピー担当、だよね？」

「恥ずかしいからやめてもらえます？」

「あ、ごめんなさい」

ステージの上の弾けるような笑顔とはちがって、つるんと無表情でなにを考えているのか透けて見えない。逆に、瞳の黒い輝きに見透かされているようで落ち着かない。

「別に怒ってないですけど」

彼女はだるそうに体を起こした。

「ノーリー、どこに行ったか知らない？」

「知りません」

そっけなく答え、「あ、そうだ」とリュックから折りたたんだ紙を取り出した。

「これ、渡してって言われました」

「わたしに？」

「家族の人に、って。澪子さんも家族の人でしょ」

わたしの名前を知っていることに驚いた。鶴川を思い出す。彼も、ノーリーからいつも聞いていたからとわたしの名前を知っていた。ノーリーが話すわたしたち家族はどんな姿なのだろう。それは、わたしが知っているわたしたちとはまったくちがうような気がした。

花音を連れて居間に行くと、香波さんが仁王立ちで待っていた。母はソファに座ってテレビを観ている。韓流ドラマではなく、ローカルニュースだ。

「しばらくいなくなりますが、大丈夫なのだ」

香波さんがメモを読みあげ、「なによ、これ」とつぶやいた。

「だから、大丈夫だって言ったっしょ」

母が得意げに声をあげる。

「そういう問題じゃないでしょ。なんで家族に言わないで、他人にことづけてんのよ。しかも、わけわかんない手紙だし」

「わたしも家族だし」

花音がぼそっと言った。

香波さんが驚愕した顔になる。

「あなた、ノーリーと結婚するつもりじゃないわよね。まさか、もうしちゃったとか……」

「まさか」と、花音は笑った。無愛想な印象が崩れ、細めた目がカーブを描いて人なつこい顔になる。「ノーリーはお父さんだもん」

えー！

叫んだつもりだけど、実際に声にしたのは母だけだった。わたしも香波さんも固まってしまった。

「どど、どういうことよ。ちゃんと説明しなさいよ」

香波さんはやっと口を開き、母は、あははは！　まじかい！　あははは！　あーびっくりした！　と笑いまくっている。

ノーリーが父親だと知ったのは高校生のときだと花音は言った。

「ちょっと待って」香波さんが遮った。「あなた、いまいくつ？」

「十九です」

「よかった。高校生じゃないのね」

香波さんは心から安堵した声を出し、「それで？」と続きをうながした。

「うちはずっと母親とふたり暮らしで、小さいころは父親が誰なのか、どうしてお父さんがいないのか聞いたんだけど、うちの親、聞くとうざがるんですよ。だから、もういっか、ってなったんだけど、高校生のときいろいろあってわたしキレちゃって、そうしたらやっと口を割ったんですよ」

もうがっかりですよ。そう言って花音は、あははは！　と、はじめて声をあげて笑った。その笑い方が母に似ている気がして背中に鳥肌が立った。

「だって、いままで父親ってものに幻想を抱いてたんですよー。きっとお金持ちでかっこよくて、って。それなのにノーリーですよ。真逆の。もうほんとがっかり。逆に、笑っちゃった」

「なに言ってんのさ。ノーリーにだっていいところいっぱいあるしょや！」

「うーん」

「うーん、ってなにさ！」

「ちょっと待って。お願いだからちょっと待ってよ。そういう問題じゃないでしょ」

香波さんの呼吸は荒く、また発作を起こすんじゃないかと心配になった。

香波さんはゆっくりと深呼吸をしてから落ち着いた声をつくった。

「あなた、大学生？」

「いまはバイトしながらアイドルやってます」

「アイドルう？」と、香波さんの声がひっくり返る。

「最初は東京でやってたんですけど、去年の秋に母親の結婚で札幌に来て、いまは北国からハッピーを届けてます」

ちょっとわけわかんない。香波さんは小さくつぶやいた。首を小刻みに振り、思い直したように花音に向き直る。

「母親が結婚した、って言ったわよね。なんでノーリーとじゃないのよ。ノーリーと結婚すればいいじゃない」

「知りません。母に聞いてください」

「あなたの母親って誰よ。どこでなにしてんのよ」

意外にも素直に、花音は母親の携帯番号を教えた。

「わたしは家出中なんで、居場所教えないでくださいね」

つらっと言い添えた。

「普通、子供が家出したのに飲みに行く？」

家を出るなり香波さんが吐き捨てた。

これから花音の母親に会いに行く。教えられた番号に香波さんが電話をすると、母親はすすきのの居酒屋でひとりで飲んでいた。「生、一丁！」と威勢のいいかけ声が、わたしの耳まではっきり届いた。

「お母さんなら平気で行きそうだけど」

わたしが答えると、香波さんは「まあね」と苦々しげに認めた。

「ねえ」

「はい」

「ノーリーとあの子、似てると思う？」

真剣な顔だ。

「わからない」正直に答えた。「ノーリーが父親だなんて信じられない」

花音は十九歳だ。ということは、ノーリーと女がそういう関係になったのは二十年前になる。二十七歳のノーリーが想像できないから、二十七歳のノーリーがしたことも想像できない。

居酒屋に入ると、すぐに花音の母親がわかった。

カウンターには女がひとりいるだけで、気だるそうに煙草を吸っている。その横顔が花音に似ていた。

「花音さんのお母さんですか？」

香波さんが声をかけると、女は顔を上げた。つけまつ毛がばさっと音をたてたように見えた。

「ああ。ノーリーの妹さん？」

女は前髪を大げさにかきあげてから「どうぞー」と隣の椅子に手を向けた。香波さんを凝視し、ふふ、と笑う。「ノーリーに似てるね」

「似てません」

香波さんはかぶせるように否定した。

「大将、ビールふたつ。こちらの美女おふたりに」

なーんて、ふふ、と女はしっとりと気だるげに笑った。

いくつなのだろう、全身から漂う貫禄はノーリーや香波さんと同世代に感じるけど、見た目は三十代でも通用しそうだ。

「おたくの娘さん、うちにいるんですけど」

居場所を教えないでと言われたのに、香波さんはあっさり告げた。

「だと思った」

女はあごを上げ、煙を細く吐き出してから煙草を灰皿に押しつけた。

「迷惑なんですけど」

「あのさあ」と、女は頬杖をついて、ほとんどくっつきそうなほど香波さんに顔を寄せた。香波さんが距離をとると、さらに近づく。キスをしそうな近さだ。

「あの子、わたしの旦那とうまくいってないのよね。もう我慢できないって出てっちゃったの。まあ、もう十九だからどこでなにしようと本人の自由なんだけど」

「十九ってまだ子供みたいなものですけど」

「でも、旦那とうまくいってないのはわたしもそうなのよね。結婚した途端、あれもだめこれもだめってうるさくてせこい男になっちゃって。わたしなんて東京の生活捨てて札幌に来てあげたのよ。こんなんなら結婚しなきゃよかった。人生ってほんっとうまくいかない。もう少し先にいいことがあると思っても全然なくて、いったいもう少し先っていつなのよって感じ」

「娘さんの話をしてるんですけど」

「あの子、アイドルとかやってるの。自称レベルだけど。アイドルになれるほどかわいくないのに。いい歳してばかみたいだと思わない?」

そう言って、鼻で笑う。

ひどい。そりゃあ歌もダンスもうまいとはいえないけど、ステージの上の花音は全力で歌い踊り笑うことで輝きを放ち、輝きのかけらを観客にふりまいていた。たぶんそこが花音のいちばん大切な居場所なのだろう。

母親のくせにそんなことも知らないなんて、「ひどい」と口を開きかけたとき、

「知ってる？」

女は人差し指を立て、笑ってくれなきゃノンノンノン、とやりだした。知っているということは、ライブや動画を観ているということだろう。彼女は、「マッシュルームキックのハッピー担当、花音でーす」と最後まで完璧になぞった。もしかしたら彼女は彼女なりのやり方で、娘を心配したり、応援したりしているのかもしれない。

マッシュルームキックを知らない香波さんは数秒のあいだ呆然とし、説明を求めるようにわたしを見た。うまく話せそうもないから、わたしは首をかしげて知らないふりをした。

「あの子、ノーリーの子供じゃないわよね？」

香波さんは女に向き直った。

「ふふ」

女は意味ありげに笑う。

「ノーリーの子なの？」

「うふふ」

「うふふ、じゃないわよ。あのね、ノーリー、あの子を捨てて逃げたのよ」

捨てても逃げてもいないんじゃないかなと思ったけど、訂正すると怒られるに決まってい
る。

「まさか。ノーリーがそんなことするわけないじゃない」

女は本気にしない。

「あなたにノーリーのなにがわかるのよ」

「じゃあ、あなたにはなにがわかるの？」

香波さんもわたしも答えられなかった。ノーリーのことは昔から理解できない――。わたしと香波さんが同じことを思ったのが感じられた。

血がつながってるからって、頭んなかがつながってるわけじゃない。家族がなに考えてるかなんてわからない。母の言葉を思い出した。わたしたちだけじゃなく、みんなそうなのだ。でも、「わかっている」と、わたしたちは無意識のうちに縛られているのかもしれない。

「あなたとノーリーはどんな関係なのよ」

香波さんは攻める方向を変えた。

「スナックのお客さん」

今度はすんなり返ってきた。

「わたし、スナックで働いてたの。ツルちゃんっていう常連さんがいたんだけど、ツルちゃ

んがたまに連れてきてくれたのよ」

鶴川だ。ノーリーのアイドルオタク仲間で、同じ印刷会社で働いていた人。

わたしは鶴川の言葉を思い出した。鶴川が誘ったから、ノーリーはアイドルのライブを観に行くようになったと言っていた。けれど、ちがうのかもしれない。花音がアイドルだと知ったからではないか。ノーリーは花音を応援したかったのではないか。だから、応援隊長になり、札幌に帰ってきたのだ。

「じゃあ、ノーリーは？」体をのり出してわたしは聞いた。「ノーリーは、あの子を自分の子供だと思ってるんですか？」

女はわたしを見つめ返す。つけまつ毛に縁どられた目が潤んでいる。アンニュイ、という言葉が浮かんだ。

いつまでたっても答えない女に代わって、わたしは言葉を重ねる。

「自分の子供だと思ってるから、あなたたちを追って札幌に来たんじゃないですか？」

女は黙ったまま視線をはずさない。潤んだ瞳に輝きが揺れている。もしかしてけっこう酔っぱらってるんじゃないか？

じれったい時間が過ぎていく。

女は息をひとつついてからゆっくり口を開いた。

「ノーリーには申し訳ないなあって、ちょっと思ってるのよ。まさか札幌についてくるとは思わなかったから。彼の人生をだめにしてしまったんじゃないかって気にはしてるの」

そんなことはない、とそれだけは自信をもって言えた。どんなことも、ノーリーの人生をだめにしたりはしない。娘ができたことも、札幌に帰ってきたことも、ノーリーのことだからサンキューと思っているにちがいない。

「そう思うなら、ノーリーと結婚すればよかったじゃない」

「えー。やだー。悪いけど」

「悪いと思ってるなら、せめてノーリーの子かどうかちゃんと答えなさいよ」

痺れを切らした香波さんはカウンターを叩いた。

「れもね」と女の呂律が急にまわらなくなる。

「ノーリーがあの子の父親だったらいいのに、ってほんとに思ったんらもの」

そう言うと、女の頭はずるずると下がり、カウンターに突っ伏してしまった。

「あ、ちょっと！」

香波さんが肩を叩いても女は顔を上げない。

「お客さん。うち、寝るの禁止ですから」

カウンターのなかから大将が厳しい声を放った。

結局、花音がノーリーの子供かどうかわからず、しかも会計までするはめになって店を出た。

酔いつぶれた女をタクシーに押し込んでから、わたしと香波さんは地下鉄の駅へと歩いた。

「なんなのよ、あの女。次は素面(しらふ)のときに会わなくちゃ」

舌打ち混じりに香波さんが言う。

「あの人、ノーリーがいなくなったこと信じてなかったね」

「結局、わたしだけなのよ、ノーリーのことを本気で心配してるのは」

そう言ってから、「でも、ちがうのかな」と香波さんは声のトーンを落とした。

「心配してるんじゃなくて、信用してないのかな」

わたしもそうかもしれない、と思った。

ノーリーがいなくなったというのに、母も花音も落ち着いていた。ふたりはノーリーを信用しているのだろうか。だから平気でいられるのだろうか。

「わたし、ノーリーのことをずっと弱くてだめな人間だって決めつけてたのよねえ」

香波さんは夜空を仰いで伸びをするように言うと、「あんたのこともね」とわたしを見て笑った。

「ですよね」

弱くてだめな人間という自覚はありすぎるほどある。

「でも、意外と大丈夫なのね。みんな、大丈夫なものなのね」

わたしは、ノーリーの置き手紙の文面を頭に上らせた。

——しばらくいなくなりますが、大丈夫なのだ。

ノーリーは大丈夫だと言っている。だから、大丈夫なのかもしれない。ノーリーだけじゃなく、香波さんも、わたしも。

ゆるやかに吹く風に涼しさを感じた。もう夏が終わる。

ふいに、右上の町に香波さんが突然来たときのことを思い出した。

立て続けに鳴るインターホンが、なぜかあのときいい知らせを告げる音に聞こえた。ドアを開けたら人生が一変し、未来から光が射し込むんじゃないかと、そんな期待をした。

結局、人生は一変していない。でも、ちゃんと続いている。

ふと思いついてわたしは聞いた。

「そういえば、香波さんって、なんで香波っていう名前になったの？」

「お母さんは香(かおり)ってつけたくて、お父さんはナミってつけたくて、それで合わせて香波」

「へえ」

なんだか素敵だ。

「でも、ナミってお父さんの初恋の相手の名前らしいわよ」

やっぱり素敵ではないかもしれない。

ノーリーの典史にはどんな思いが込められているのだろう。今度、ノーリーに会ったとき聞いてみよう。

「わたし、会社辞めちゃった」

風にうながされるようにさらりと言えた。

「えっ、もう？　なんでよ」

「でも、辞めた自分がけっこう好きかもしれない」

「どういうことよ」

わたしは前を見据えてから、背後を振り返った。

水路、航跡。行く道、来た道。どの道もまだ見えないけれど。

エピローグ

口角を上げてにっこり笑った。笑顔をキープすると、普段、自分がいかに笑い慣れていないかを知らされる。くちびるがぴくぴく痙攣し、頬の筋肉がこわばっている。そのうち、自分がどんな顔をしているのかわからなくなる。

「怖い」

「目が笑ってない」

「変な顔」

花音、香波さん、母がそれぞれ好き勝手に言う。けれど、三人の感想はすべてボスにさんざん言われたことだった。

ホームセンターで働きだして一週間が過ぎた。

採用の連絡が来たのは面接から半月後のことだった。別の人を採用したけど三日で辞めてしまったから、と面接官は疲れきった声で正直に告げた。

——まったくあの新人、使えないったらありゃしないよ。

面接のとき声しか聞かなかったのに、実際の彼女はわたしの想像どおり大柄で、顔が大きく、化粧が濃い五十代の女だった。勤続年数十年の彼女はパートでありながら、「わたしがここのボスだから」と威嚇した。

まだ研修期間だ。でも、給料はちゃんと出る。その分、言われ放題だ。今日はレジを打つボスの横で袋詰めをした。「笑顔」「声小さい」「ほら、笑えって」と、何度も脇腹をエルボーされた。

正直いつまで続けられるかわからない。けれど、今日の帰り際、ボスが飴をひとつくれたから、とりあえず明日は行くつもりだ。

「笑顔って目から笑うの」

そう言って、花音はお手本を見せてくれた。黒い瞳がふっとゆるみ、目がやわらかなカーブを描く。きゅっと上がった丸い頬が、自然に口角を引き上げる。

「おおーっ」と三人の声が重なる。

「さすがアイドル。めんこいんでしょや」

母が言うと、いえいえ、と花音はいつものつるんとした無表情に戻った。

花音は、家に戻ったりうちに来たりを繰り返している。ノーリーの部屋はカーテンがピンクに変わり、こたつテーブルにはピンクのクロスがかけられ、ピンク好きな女の子の部屋に変容中だ。

インターホンが鳴り、「ピザピザ」と香波さんが財布を持って玄関に向かう。花音は手づくり感があるものは食べられないから、彼女がいるときの夕食はデリバリーやできあいのものが多い。

居間に戻ってきた香波さんは奇妙な顔をしていた。手にピザの箱はない。「ノーリーが……」と口にし、言い淀んだ。

「ノーリーがどうしたのさ」

「まさかと思うんだけど」

「まさか、なにさ」

香波さんは一度背後を見やってから、「ギョセンに乗ったんじゃないか、って」と困惑げに言った。

ギョセンが漁船に変換されるまでしばらくかかった。変換されてからも意味がわからなかった。母も花音も、口にした香波さんさえも、ぽかんとしている。

香波さんの背後から、背の高い男が現れた。「あ」と声をあげたわたしに、鶴川はちょこんと頭を下げた。

「ノーリーの友達で、東京から来たんですって」

香波さんの紹介に、「鶴川です。突然すみません」と今度は深く頭を下げ、上げたとき「えっ」と叫んだ。その目は、花音に向けられている。

「花音ちゃん！　どうして花音ちゃんがここにいるんですか？」

花音は立ち上がり、「こんにちは。花音でーす」とお手本どおりの見事な笑顔をつくった。

「え？　どういうこと？　どういう関係？」

鶴川はうろたえ、挙動不審になる。

「ごちゃごちゃうるさい！　いいからノーリーがどうしたのさ！」

母が初対面の鶴川を容赦なく怒鳴りつける。

「あ、はい。すみません」

鶴川は花音をちらちらうかがいながら話しだした。

「ノーリーと全然連絡が取れなくて……といっても、ノーリー携帯持ってないから、メールの返信が来ないだけなんですけど。変だなと思って、もゆるんっていうメイドカフェに電話したら辞めたっていうし、いま香波さんに聞いたら失踪したっていうし、もしかして僕のせいかなと思って……」

「あんた、ノーリーになにしたのさ！」

母は立ち上がった。

「ちがうんですちがうんです。ちょっと前に、お金を稼げてクビにならない仕事はないかとノーリーに聞かれたことがあるんです。そのとき僕、冗談で、遠洋漁業の船に乗ればいいんじゃないかって答えたんです。遠洋漁業なら、乗っちゃえばクビにしたくてもできないんじゃないか、って。ノーリーは、なるほど頭がいいのだな、って」

「まさか」と「もしかして」が入り混じった微妙な沈黙が漂った。破ったのは香波さんだ。

「いやいや、まっさかー、よね。遠洋漁業なんてノーリーにできるわけないわよ」

そう言って笑い飛ばそうとした。

「遠洋漁業ってそんなに金になるのかい!」

母の問いに、律儀に答えようとした鶴川を香波さんが遮った。

「お金のことなんてどうでもいいでしょう」

「ノーリーがお金のために漁船に乗るなんて思えない」

わたしは言った。

ノーリーがお金を優先するわけがない。〈メイドカフェもゆるん〉で働いていたのだから、生活できる程度には稼いでいたのではないか。なにより、花音を追いかけて札幌に戻ってきたのに、花音を置いて出ていくなんてあり得ない。

「家が欲しい、って」

鶴川が言った。

家、と誰も声にはしなかったけど、それぞれが胸の内で復唱したのが感じられた。

「わたしのためだ」

花音がつぶやいた。

「わたしが、自分の家が欲しいって言ったから。ママとうまくいかなくて、自分の家があればいいのに、ってノーリーに言ったから」

「ちがうよ」

母が間髪を入れずに否定する。

「わたしのためだよ。この家も古くなったから建て直しかリフォームしたいって前にノーリーに言ったことあるのさ。ノーリー、それ覚えてたんだよ」

わたしのためだ、いや、わたしのためだ、と母と花音が言い合いをしている。

ノーリーが遠洋漁業の漁船に乗ったかどうかはわからない。それでも半年後か一年後、もしかしたら十年後かもしれないけど、必ずここに戻ってくると信じられた。そのときに家を手に入れられるほどのお金を貯めているかはあやしいけれど。

マイホーム。わたしが手に入れられなかったマイホームを、寝てばかりのノーリーが手に入れてしまうのだろうか。そう考えたら、忘れていた記憶がよみがえった。

小学生のとき、どうしてそんなに寝てばかりいるのかノーリーに聞いたことがある。

——果報は寝て待て、っていうのだ。

うつぶせのまま顔も上げず、ノーリーはにやついた声でつぶやいた。

解説

にしおかすみこ

この先の数ページ、普通なら作品の解説だろう。これは違う。一個人の偏った感想だ。手短に自己紹介。

私はにしおかすみこ。２００７年くらいに流行った一発屋のお笑い芸人だ。ＳＭの女王様キャラで一世を風靡したと、自虐を盾に自分で言うタイプ。

「なぜおまえが？」と。せっかくのまさき作品の余韻に浸っているところに異物感を抱いた方もいらっしゃるのではないか。依頼がきたのだ。「ぜひに」と。「なぜに？？」と。私が一番思っている。

理由を確認してみた。「にしおかさんが書いたエッセイ『ポンコツ一家』を読んで、家族という柔らかくて難しいものをなんとかして摑み表現しようとする、力強い誠実さを感じました。ぜひ小説を読んで思われたことを真っすぐに、ご自由にどうぞって」と、私の担当マネージャーが教えてくれた。

なんと！　間違えたフリをしてネットに拡散したい。

そもそも私はこの本が好きだ。その気持ちを自由に書いて良い場をいただけるなんて、飛びつかないわけがない。

以下、偏った私よがりの読書感想文。よろしければお付き合いいただきたい。

読んでいる間中、ずっと比較していた。

玉瀬家は母はバツイチ、長男はひきこもり、長女はバツ2とパニック障害、次女はバツイチ。

ウチのにしおか家は母は認知症、長女はダウン症、父は酔っ払い、次女の私は一発屋で独身。

……どっちがマシだろう。よくないなあ、そういう考え方。と思いつつ、

いや、でももし仮によ。私が玉瀬家の一員だったら？

お母さん（72歳）はがさつ過ぎるし、兄のノーリー（47歳）は何を考えているかわからな

過ぎる。姉の香波さん（46歳）はプライドが高すぎる。妹の澪子（41歳）はネガティブ過ぎる。で、私48歳だから、この中に入ったら、げっ、長女じゃん。「無理無理無理無理」と。自室で本を片手に南無阿弥陀仏を唱えるくらいの低いトーンでぼやいていたりする。

そして、いやいや、これは物語だ。実際には存在しない人たちだと思うと、急に寂しくなったりもする。

なんだかこの人たちが気になって仕方がない。

特に澪子。人生こんなはずじゃなかったという気持ちを引きずりながら実家に戻る。お金ない。仕事できない。友達いなそう。主婦をやっているときに何度も作ったであろう料理が基本そんなに美味しくない。……どんくさい。笑ってしまう。

澪子の語りの中に、《わたしには41年も生きてきた実感がない。『ちょっと前』をつなげただけで、もう今だ。だからこのままいくと『ちょっと先』をつなげただけで、あっというまに人生を終える日を迎えてしまうのではないか》といったような文面がある。

わかるなーと思う。それに歳を取るにつれ『ちょっと先』の速度がきっと速い。

すると突然「どこがわかるの？　今さっき私の人生笑ってたでしょ？　にしおかさんはや

りたいこと、好きなことやってきたんでしょ？」と涙と鼻水でグシュグシュの澪子が私を見ている。

え？　そして「うわぁーん」と少し離れた机に突っ伏して……いるような気になる。え？ん？　もちろん何もないし誰もいない。活字が広がっているだけだ。待て待て。あら、嫌だ。のめり込み過ぎだ。

私は本を読むのを中断し、ぬるくなったコーヒーを飲みながらいったん休憩する。

澪子？　私の脳が勝手に言わせただけだ。ではどうして自分を責めた口調なのだ？

実は私も相当なネガティブ人間だ。すぐ悔やむ。そしていつも私なんか、私なんか、って思いながら生きている。やめたいけど止まらない。そのくせ、出たがり。欲しがり。

でもその、なんかなんかをつなげていったら？　なんかわからないまに人生終わっちゃう。それは私が可哀想。

大概、好きなことは待っていてもこない。どんなにつまらないことでも、目の前にあるもの、事、人、なんでもいいから好きになる努力をすることから始める。

そうしたらある程度のものは好きになる。そのものの良いところを探そうとするから。

……って誰かが言っていた。確かテレビかな、なんか偉い人。これはその受け売り。うるせえな、そんな真っすぐなキラキラした考え方できるかとも思ったけど、案外いい。

私は好きなことがあるときも、ないときも、全部大嫌いのときもある。矛盾が多い。でも、好きを紡いでいる自分は生きている感じがして好きだ。

私たち、ナルシストくらいが丁度いいんだよ。

澪子ちゃん。私は自分がネガティブなことを否定しない。めんどくさいし、疲れるから。そんな自分に折り合いをつけながらなんとかやっているよ。と、上から目線の先輩面の友達面が止まらない。

そして気づけば、壁に向かって喋っている。やだ、気持ち悪い。

続いてノーリー。気になるなんてもんじゃない。

子供の頃に息をするのをやめようとした人だ。異変を悟った母と、ノーリー自身も、私も泣いた。

母のセリフに「いいんだよ、いいんだよ。ノーリーはそのままでいいんだよ」とある。親として、こう育って欲しいと描く理想や願いを手放した瞬間だったのかなあ。普通の子はこうするでしょう？　幸せって普通こうでしょう？　と普通を押し付けたこと、エゴだったと、自身を責めたのかなあ。どうだろうか。

「めんどくさいよー、めんどくさいよー」と母の胸で泣きじゃくるノーリー。

不甲斐ないよー、どうしてかなんにも上手くいかないよー、僕だけついていけないよー、みんなと違うよー、お母さんごめんねー。気持ちを考えてみるがどれもピタッとはこない。そもそも本人が自分の気持ちを頭の中で言語化できただろうか。

「疲れるのは息するせいかなと思って。息するからほかのことができないのかなと思って」とも言っている。生きづらさを息のせいにした？　でも死ぬためじゃない。生きやすくなるかなと息を止めたよね？　しんどいね。いいんだよ。ノーリーはノーリーなんだから。唯一無二でしょと私の流す涙も本当なのだけど、二人に比べたら安いなあとなんだか恥ずかしくなる。

どうしてマイペースに生きていきづらい世の中なんだろう。どうして『みんな』と比較して、普通を探すんだろう。なぜ普通だと安心するのだろう。『みんな』って誰？　と思う。

私が小学1、2年生頃だったかな。ウチのにしおか家の母が、

「お姉ちゃんが普通学級か特殊学級に行くか、迷うまでもないから、ママ楽チンよ。本人も、なんで私は特別クラスなの？　って発想がないもの。楽しそうで何よりだよフフフ。あんたは？　学校楽しい？　行きたくなかったら別にいいんだよ。みんなは関係ない。そんなぼん

やりしたものより、あんたの好きにしたらいい。一生夏休みでもいいよ」と言っていた。

一生夏休みで大人になった自分が、なぜか黒いサングラスにアロハシャツを着て、独身で、無職で、家がないという想像に怯え、真面目に毎日学校に通った。

黒いサングラスにアロハシャツ以外は、そこそこ間違いじゃないので、本当に学校なんてどっちでも良かったのではという気にもなる。……置いといて、のほほんとした子供時代を過ごせていた私は恵まれていたと思う。

そして逃げ道を作ってくれていたんだなあ。姉と私の幸せを見つめてくれていたんだなあ。きっと、ウチの母もこう育って欲しいという理想や、普通は、みんなは、があったと思う。いつ手放したのかなあ。母はあのときどんな顔で言っていたのかなあ。

ノーリーのお母さんも素敵だけど、ウチの母もいいでしょ？　がさつさは、おんなじくらいだよへへへ……と。ハッ、焦点の合わない目でヘラヘラし、いるはずのないノーリーに喋りかけている。

「大丈夫、なのだ」と。「気持ち悪くてもにしおかさんは、にしおかさんなのだ」と。ノーリーが返してくれたような、気になる。……まさきさん、なんちゅう本を書かれたのですか。どっぷりはまって抜け出せない。

そしてその素敵な玉瀬家の母。文中で良いこと言いまくり。実家に戻って3年が経つ私にとって、言って欲しい、聞きたかった言葉の数々。「家族なんて、あってないようなものでしょや」え？　そうなの!?「家族なんてしょせん他人の集まりだからね」言い切った！「血がつながってるからって、頭んなかがつながってるわけじゃないからね。家族がなに考えてるかなんてまったくわかんないっつーの」そうなんですよー！　わかんない。わからなくていいのか。当たり前かあ。スッとする。そして泣く。私ったら情緒不安定。

仕事でたまに「にしおかさんにとって家族とはなんですか」と聞かれることがある。ずっと「わかりません」と答えている。心底そう思っている。絆、空気、宝とか、私だってまとめたい。取材してくださる方々を困らせたいわけじゃない。でも、だってそんな綺麗ごとではないから言えない。下手くそとしょげる。

同じ『わからない』でも、なぜ『わからない』のかがわかったよ。

玉瀬家のお母さん！　私、このまんまパクるね！　私が考えたみたいに言うね！

貸出料何パーセントか請求してきそうな顔が浮かび、慌てて妄想を閉じる。

最後に常に人生強気で戦闘態勢の香波さん。

もちろん自分の幸せのため。そして本当は頼りない家族のためもあるのに、それをデリカシーのなさに紛れ込ませる。照れ屋で不器用なところが玉瀬家の母と姉は似ている。

「きれいな青空を見てどう思う？」といったことを澪子に聞く場面がある。

気持ちいいなのか、むかつくなのか、どうでもいいか、サンキューか。

私はどうかなあ。読書後、とある日の青空を見上げた。改めて見ると気持ちいい。でも普段は澪子の抱いた「どうでもいい」かな。少し違うか。意識していない。『無』に近いかな。

ウチの母に聞いてみた。本を説明するのが面倒だったので、

「ねえ、ママは青い空をどう思う？　ちなみにノーリーって人はサンキューって思うんだって。素敵だよね」

「なに突然？　サンキューがいい？　そう？　軽いよね、おはよーとか、おかえりーとか挨拶してるみたい。誰だか知らないけど、その人、友達少ないよ。ママはねえ、そうだねえ、朝見たとしたら、今日も無事過ごせそう、だね。ママ深いだろう？」

読んでいないのに、友達少ないを当ててるのか。まぐれだとしてもすごい読解力だね。

あと、なぜ深い？　ありきたりだろう？

い空なら今日は生きられそうじゃない。とりあえず今日だよ。老人だから言えるんだよ」と。

「えー？　バカだねえ。そんなこともわからないかね。残りの人生があと少しだからだよ。青

「どこが」と聞いてみる。

最近、朝、母が郵便受けに新聞を取りに行くときに、ついでがないのに私も一緒に出て青い空を見たりする。『無』の空は『無事』の空に見えるよ。

母との思い出が増えたよ。

香波さん、自分がいなければと気を張っていた家族に対して「意外と大丈夫なものなのね」って力を抜くでしょ。私もそうしよう、そうしたいと思ったよ。ありがとう。

玉瀬家の皆さんのおかげで私は、自分と向き合った。改めて家族を考えた。

結局わからないままだけど、わからないことに自信が持てた。私は私で生きようと思えた。

まさきさん、続きを書いてください。また玉瀬家に会ってお喋りがしたいです。

——お笑い芸人

この作品は二〇一八年八月講談社より刊行された『玉瀬家、休業中。』を改題し、加筆修正したものです。

幻冬舎文庫

●最新刊
アフロえみ子の四季の食卓
稲垣えみ子

冷蔵庫なし、カセットコンロ1台で作る「一汁一菜」ご飯。旬の食材と驚きの調理法から生まれたアイデア料理を一挙公開。毎日の食事が楽しみでしょうがなくなる、究極のぜいたくがここに！

●最新刊
［新装版］華の下にて
内田康夫

国際生花シンポジウムの開催地・京都で連続殺人事件が起きる。複雑な思惑が絡むなか、浅見光彦が挑む名門一家の哀しき秘密。昭和、平成を代表する旅情ミステリー作家の名作が令和に蘇る。

●最新刊
僕の種がない
鈴木おさむ

「ここからなんとか子供を作りませんか？」。ドキュメンタリーディレクターの真宮勝吾は、癌で余命半年の芸人に提案するが……。「男性不妊」という難問と向き合った感動の傑作小説。

●最新刊
ボクもたまにはがんになる
三谷幸喜
頴川　晋

働き盛りに前立腺がんが発覚した脚本家が、信頼できる主治医と出会い、不安を感じずに手術を受けることができた。その2人による、がんのイメージが変わる、マジメで笑える対談集。

●最新刊
生活を創る（コロナ期）
どくだみちゃんとふしばな9
吉本ばなな

コロナ期に見えてきた、心と魂に従って動くことの大切さ。「よけいなことさえしなければ、神様のようなものがちゃんと融通してくれる」。力まず生きる秘訣が詰まった哲学エッセイ。

玉瀬家の出戻り姉妹

まさきとしか

令和5年9月10日　初版発行

発行人―――石原正康
編集人―――高部真人
発行所―――株式会社幻冬舎
〒151-0051東京都渋谷区千駄ヶ谷4-9-7
電話　03(5411)6222(営業)
　　　03(5411)6211(編集)
公式HP　https://www.gentosha.co.jp/
印刷・製本―株式会社　光邦
装丁者―――高橋雅之

幻冬舎文庫

ISBN978-4-344-43318-2　C0193　ま-33-6

この本に関するご意見・ご感想は、下記アンケートフォームからお寄せください。
https://www.gentosha.co.jp/e/